Geoffrey Decoëne

Les passagers incertains

Aubane
EDITIONS

Ce récit est une œuvre de pure fiction. Par conséquent, toute ressemblance avec des situations réelles ou avec des personnes existantes ou ayant existé ne saurait être que fortuite.

Aubane Éditions
21, allée des Peupliers
62280 SAINT-MARTIN-BOULOGNE
aubane.editions@gmail.com
www.aubane-editions.fr

Composition : Nord Compo, Villeneuve-d'Ascq
Imprimé en France
Achevé d'imprimer en février 2021
Dépôt légal : février 2021
ISBN : 978-2-492738-00-5
EAN : 9782492738005

À mon parrain…

Chapitre I

Lundi 1er mars 2019, 6 heures.

— Service d'étage !

Après avoir frappé trois coups, c'était la phrase que Léonie préférait balancer pour se faire ouvrir une porte. Ça avait quand même plus de gueule que « Police nationale, ouvrez ! ». Et surtout, ça évitait de trop se faire remarquer. Et puis dans un hôtel, pour se faire ouvrir une porte à 6 heures du matin, quoi de plus normal ?

Mais dans ce genre d'endroit miteux, il ne fallait vraiment pas être du coin pour s'imaginer qu'il y avait un service d'étage.

La porte s'ouvrit. C'était le père. Il avait pris un peu de poids depuis son arrivée en France et l'établissement de sa photo sur sa demande d'asile.

— Bonjour Monsieur, c'est la police. On peut entrer ?

Elle n'attendit pas la réponse et indiqua à ses six collègues de pénétrer dans les lieux. Le père s'effaça et laissa passer devant lui les fonctionnaires de la direction interrégionale de la police de l'air et des frontières des Hauts-de-France.

— On a été déboutés, c'est ça ?

Effectivement, la demande d'asile de cette petite famille d'Albanais avait été rejetée.

Léonie pénétra elle aussi dans le petit appartement qui se résumait à une seule pièce. Quelques meubles mal vissés et branlants de toutes parts, une plaque électrique crasseuse dont les fils à moitié dénudés n'inspiraient pas vraiment l'envie de cuisiner, un lavabo minuscule, un grand lit et deux petits matelas, posés à même le sol. Les sanitaires étaient sur le palier. Leur monde depuis un an.

Ce qui frappa en premier Léonie, c'étaient les deux enfants. Un garçon et sa petite sœur qui prenaient leur petit déjeuner. Un paquet de céréales sur la table, leurs bols de chocolat chaud et la télévision qui diffusait un épisode de Tchoupi, celui où Tchoupi rentre à l'école.

Le garçon était vêtu d'un slip et d'un maillot de corps blanc. Il avait du chocolat tout autour de la bouche. La petite portait un pyjama orné d'une licorne.

Léonie avait vu cette même scène la veille, chez elle, avec ses propres enfants. Les deux petits la regardaient avec des yeux étonnés et la bouche grande ouverte. La mère était en train de se laver les dents dans le minuscule lavabo. La fillette se leva et la rejoignit en s'agrippant à sa jambe.

Le garçon resta à table. Il ne disait rien et ne lâchait pas sa mère du regard. Il voulait paraître courageux mais l'humidité autour de ses yeux trahissait une émotion de petit garçon de huit ans.

Léonie expliqua au papa que la préfecture avait refusé leur demande d'asile et pris un arrêté d'expulsion. Ça voulait dire qu'ils avaient une demi-heure pour faire leurs bagages, remettre leurs vies dans une valise et qu'à midi et quart, un avion décollerait de l'aéroport pour les ramener à Tirana, capitale du pays qui les avait vus naître.

Le père résuma tout cela dans sa langue au reste de la famille. La maman indiqua que le grand devait faire un exposé sur son pays à l'école le jour même, qu'il avait passé beaucoup de temps dessus et qu'il était très fier de pouvoir parler de son pays à ses copains. Elle demanda ce qu'elle dirait à la maîtresse pour expliquer son absence. Elle ajouta qu'il était très bon élève et qu'il n'avait jamais loupé une journée de classe depuis la rentrée.

Léonie, très gênée, ne répondit pas à la question, dit qu'elle n'était là que pour faire son boulot et demanda à tout le monde de se presser un peu. La maman pleura doucement et, lentement, alla déposer les valises sur le lit. Elle commença à y mettre des vêtements tandis que le père ramassait les cartables et un classeur où était écrit « Vendi im shqipta ».

— C'est pour l'exposé du petit, à l'école, répondit-il quand Léonie lui demanda ce que cela signifiait. Ça veut dire « Mon pays, l'Albanie ».

Elle regarda le garçon qui aidait sa mère, en train de renifler tristement en rangeant ses affaires, et éprouva l'envie irrésistible d'être ailleurs, loin, très loin. Le plus loin possible de cette chambre d'hôtel qui, coincée entre le Macdo et le Jardiland de Méru, puait l'inhumanité. Un hôtel à cinquante euros la nuit où tous les demandeurs d'asile du département étaient hébergés. D'ailleurs, pouvait-on loger dans ce fourbi d'autres gens que des demandeurs d'asile ? Qui donc aurait accepté de payer ce prix-là pour dormir dans ce trou ?

Mais être loin d'ici, ce n'était pas possible. Elle était là, à faire son boulot et à expulser ces Albanais. En vingt minutes, les valises furent bouclées et montées dans le coffre de l'Iveco blanc banalisé, affecté à la police de l'air et des frontières.

Les enfants et la maman montèrent à l'arrière. Le papa entre deux policiers sur le siège du milieu. Léonie s'installa à l'avant, sur le siège de droite. C'était elle l'officier de police judiciaire et la plus gradée de l'équipage. Elle avait donc cette place qu'on appelait celle du chef de bord.

Ses autres collègues prirent un second véhicule et fermèrent le cortège. Ils prirent le péage de l'A16, direction Roissy. À cette heure-là, ils mettraient moins d'une heure pour y arriver.

Il n'y avait pas d'autoradio dans le fourgon. Il avait rendu l'âme un an plus tôt et l'administration n'avait pas trouvé les fonds nécessaires pour le remplacer. Personne ne parlait. Malgré le chauffage poussé à fond, Léonie avait froid.

Ce qu'elle aurait voulu revenir dans cet hôtel pourri et remettre les enfants devant Tchoupi !

Ce qu'elle aurait voulu permettre à ce môme de faire son exposé devant ses copains d'école !

Ce qu'elle aurait voulu éviter de penser à ces types qui, soixante-quinze ans plus tôt, embarquaient des familles entières pour les emmener ailleurs ! Étaient-ils différents d'eux ces types, au final ? Eux aussi n'obéissaient qu'aux instructions.

Putain Léonie, ressaisis-toi, tu ne vas quand même pas te comparer à un SS !

Elle essaya de penser à autre chose mais, irrésistiblement, cette idée lui revenait en pleine tronche. Beaucoup plus forte que les autres. Manquait plus que le grand ciré noir...

Il était 7 heures du matin et les yeux de Léonie croisèrent, sans le voir, un Ford transit jaune et bleu siglé Sanef qui remontait sur la voie d'en face, en direction de Beauvais.

*

« RTL, il est 7 heures, les informations, Léo Parizet ».

Onze ans. Onze années que chaque matin, Marc entendait ce générique de cinq notes, répétées une fois sur un ton un peu plus grave. Onze ans que ce *jingle* rythmait ses journées et qu'il l'attendait presque comme une drogue, quand approchait l'heure. Il n'écoutait que très rarement les informations qui suivaient mais cette musique avait une sorte de pouvoir sur lui. Elle le calmait, lui faisait souvent oublier l'heure qui venait de s'écouler et le faisait entrer dans la suivante, prêt à repartir sur des bases nouvelles.

Et il avait besoin d'oublier les deux heures qui venaient de se passer. Il avait enfilé dans le cul du vieil utilitaire du service cent cinquante suppositoires géants en plastique qui avaient servi à baliser les travaux de réfection du macadam sur une portion de l'autoroute.

L'autoroute A16, son autoroute.

Certains hommes s'appropriaient l'agrafeuse du bureau, les stylos « ne touche pas, c'est mon stylo ! » ; Marc n'avait pas de bureau à lui, son travail ne lui fournissait que des véhicules de service et des chasubles fluorescentes, alors, il s'était carrément approprié l'autoroute. Il y bossait depuis onze ans et, comme disaient ses collègues, il pouvait se vanter de passer plus de temps dessus que sur sa femme.

Ça lui avait pris deux heures pour ranger à l'arrière du vieux Ford l'ensemble des cônes de Lübeck. Il l'avait fait tout seul, comme un grand. Son équipier Georges, syndicaliste actif et foudroyé dans la fleur de ses quarante-six ans par une sciatique permanente, était aujourd'hui condamné à conduire les véhicules du service sans pouvoir en descendre sous peine d'un arrêt de travail de plus de deux mois. Georges s'était donc occupé de faire doucement avancer la bête de cent cinquante chevaux sur les trois kilomètres de goudron. Marc, derrière, était à pied.

Ils étaient suivis par un autre véhicule avec une rampe gigantesque sur le toit et qui signalait aux automobilistes : « Attention travaux en cours, soyez prudent, ralentissez ! »

Un conducteur dans chaque véhicule et Marc qui trimait.

À 6 heures 45 du matin, dans la nuit, avec ce vent froid et cette pluie fine qui venait vous lécher le bas des reins dès que vos bras montaient au-dessus de la ligne des épaules, ces cent cinquante cônes lui semblaient dix fois plus nombreux. Une fois remonté dans le Ford, Georges avait vaguement essayé d'engager la conversation mais il n'y avait vraiment rien à faire : Marc était d'humeur irritée d'avoir été le seul à bosser. D'être surtout toujours le seul à bosser, ça avait été comme ça toute sa vie. Il n'avait jamais renoncé à remonter ses manches et à travailler. Il s'était fait enfler un paquet de fois au final. Tout ça parce qu'il n'aimait pas voir des choses qui n'avançaient pas.

Depuis un quart d'heure, le Ford roulait pour rentrer au centre technique dans le silence le plus complet. Peu avant 7 heures, Georges avait allumé la radio, histoire de mettre de la musique mais à 7 heures, sur RTL, il n'y avait pas de musique, il n'y avait que des infos.

Du coup, Marc avait fait semblant de s'y intéresser.

Un mort à Marseille, un type tué par une rafale de kalach dans une cité, un attentat en Afrique mais il n'avait pas bien entendu le nom du bled, des morts ici, des morts là. Bref, des morts partout. Que ce soit à Marseille ou ailleurs, Marc s'en foutait un peu.

Qu'ils s'entre-tuent tous lui était bien égal. La route continuait de défiler sous les roues de l'utilitaire qui, dans la lumière des phares, absorbait le goudron. La base n'était plus qu'à six kilomètres. Il faudrait encore tout décharger, signer un peu de paperasse pour bien faire remarquer aux patrons que les cônes n'étaient pas montés tout seul dans la camionnette et il pourrait, peut-être, prendre un café chaud.

La Sanef, il y était entré pour s'occuper du réseau autoroutier du nord-est de la France. En quittant l'armée, il avait eu droit à ça pour se recaser. Il ne s'était pas trop plaint au début, c'était largement dans ses cordes. Baliser les accidents, s'occuper des gens en détresse sur l'autoroute, n'était pas très compliqué. Ce n'était pas très bien payé non plus mais avec sa solde d'ancien militaire, il arrivait à faire deux mille trois cents balles par mois et ça lui convenait. Ce qui l'ennuyait beaucoup plus, c'étaient les types comme Georges qui gagnaient plus que lui sans sortir du fourgon, sans faire le moindre effort et en se plaignant tout le temps. Des types qui ne mettaient plus le cul dehors depuis longtemps et qui passaient leur vie entière recourbés sur eux-mêmes, les yeux rivés sur leur téléphone, à s'imaginer riche si jamais le cheval numéro cinq allait plus vite que les quinze autres.

L'appel eut lieu à 7 heures 17. Ils n'étaient plus qu'à deux kilomètres du café chaud et de l'entrepôt. C'était le peloton de gendarmerie de l'autoroute. Les gendarmes avaient été appelés sur la ligne d'urgence par un automobiliste qui leur avait signalé un objet tombé sur la chaussée. Ils avaient alors contacté le poste de contrôle de la Sanef pour que les usagers de l'autoroute soient avertis du danger sur les grands panneaux électroniques. Y avait plus qu'à aller retirer l'objet. Et vu qu'ils étaient occupés ailleurs, Georges et Marc devaient s'y rendre. Ce n'était pas trop gênant, puisque dans le même sens de circulation, au kilomètre 120 dans le sens Paris-Calais. Eux étaient au kilomètre 89. Plus que trente et un à faire.

Le voyage se fit en musique. Georges avait discrètement augmenté le volume de la radio, histoire de combler le silence entre les deux. Pendant la matinale, les informations du flash de 7 heures étaient développées, débattues, contredites par les auditeurs. En fait, ça meublait. Marc ne voulait pas parler et le *jingle* de RTL n'avait pas eu l'effet apaisant qu'il espérait. Au contraire de Georges, contraint de ne pas quitter la route des yeux, Marc regardait le paysage. Le kilomètre 120 était au nord de Beauvais. On était juste avant l'aube, ce moment à part où les étoiles disparaissent peu à peu. Il fixait le ciel, l'espace, le loin, le nulle part.

Intermède musical. France Gall chantait Babacar et le cherchait. Il pleuvinait toujours. Ça n'en finissait pas. Marc savait par expérience que c'était parti pour la journée.

Dehors, il y avait encore peu de circulation. D'ici une demi-heure, ça serait une autre histoire. Le seul danger, avec cette demie clarté, c'était de se « prendre l'objet tombé sur la chaussée » en plein pare-choc si on ne faisait pas attention. Ça pouvait faire mal, surtout si c'était gros.

Georges commença à ralentir au kilomètre 115. Il abaissa la vitesse et écarquilla un peu plus les yeux. Marc le regarda d'un air dépité. Mais que Georges avait l'air con avec ses yeux grands ouverts et froncés à la fois. Le Ford était certes vieux, mais au moins équipé d'une grosse lampe sur le toit. Marc tendit son bras au-dessus de sa tête et déclencha le projecteur. Georges le fixa rapidement puis reporta son attention sur la chaussée sans oser dire : « Ouais, c'est bon ! ».

L'aide du projecteur fut précieuse car l'objet n'était pas au kilomètre annoncé mais bien avant. Au kilomètre 116 très précisément. Marc aperçut simplement une boite de taille moyenne, posée sur la bande d'arrêt d'urgence et dont l'un des coins dépassait sur l'autoroute. Il la prit pour un carton.

Georges stoppa la camionnette à une centaine de mètres, non sans avoir pensé à mettre la rampe de signalisation en marche. Avec cette nuit qui finissait, c'était une bonne façon d'indiquer aux automobilistes pressés de gagner Amiens « Attention, viande vivante en action pas loin… ».

Marc descendit et fit remonter la fermeture de son parka jaune jusqu'au menton. C'était toujours aussi désagréable de sortir du Ford après y avoir passé trente minutes au chaud. Le premier bruit qu'il distingua était une sorte de couinement. Couinement qu'il associa immédiatement à la courroie de ventilation du véhicule. Vu son ancienneté, Marc s'était toujours étonné qu'il ne soit jamais tombé en panne. Il avait toujours démarré, n'avait jamais calé, avait toujours fait ce qu'il fallait pour ne pas se retrouver à la ferraille. Il avança lentement et avant de rentrer dans le jeu des phares du projecteur, se retourna pour regarder Georges.

Il fila un grand coup de pompe dans la roue pour attirer son attention. Peine perdue, toute sa concentration devait être prise par le prochain bourrin qui le soulagerait de cent euros.

Il avança en se disant que, quand même, le Ford était bien isolé parce que le couinement, il ne l'avait jamais remarqué. Il s'engagea dans le champ du projecteur en prenant bien soin de se coller au bas-côté. Arrivé à cinquante mètres, il fut beaucoup moins sûr que la courroie couinât. Le bruit venait plus de devant lui… ou bien du bas-côté. Il n'arrivait pas à bien le définir. Ce n'était, du coup, plus trop un couinement mais un gémissement. Un animal blessé ? Ça se pouvait. Il en avait ramassé tellement que c'était même sûrement ça.

Il regarda le bas-côté mais ne vit rien. Il aurait fallu que le projecteur soit mieux orienté mais quand il se retourna et qu'il fit signe à son coéquipier, il n'y eut aucun mouvement de l'éclairage. Les yeux de Georges devaient être, eux aussi, dans le même alignement que lorsqu'il l'avait quitté : celui de son téléphone.

Il avança. Après tout, il était là pour enlever ce carton et il valait mieux ne pas rester sur cette bande d'arrêt trop longtemps. Ça pouvait être dangereux pour lui.

Il continua sa marche et réussit à se convaincre, arrivé à une dizaine de mètres du carton, que le gémissement venait de là. À cet instant, son estomac commença à se serrer. Il y aurait donc un type qui, non content d'abandonner son chien ou son chat, l'avait enfermé dans un carton et balancé vivant sur l'autoroute ? Ça, ce n'était vraiment pas terrible. C'était le genre de comportement qui lui donnait envie de chier dans la bouche de l'être humain ou de lui enfoncer ses pouces dans les yeux, jusqu'à la nuque. Quelle lâcheté, quel manque d'humanité ! Ce n'est pas qu'il avait encore un grand espoir dans l'Homme mais là, quand même...

Il fallait agir. L'autoroute n'était pas un lieu pour se poser trop de questions quand des engins peuvent venir vous aplatir comme une crêpe ou vous envoyer voler dans la stratosphère, ne laissant de vous que quelques morceaux de viande au sol.

Quand il se planta devant le carton, il vit d'abord que ça n'en était pas un. Il s'agissait d'une caisse en acier dont on se servait pour transporter les chiens et les chats chez le vétérinaire. Il la reconnut au premier coup d'œil car il avait la même. La seule différence, c'est que derrière, était fixée une sorte de plaque en bois pressé qui obstruait le vide entre chaque barreau en métal.

Normal se dit-il, n'importe quelle autre caisse en carton ou en plastique tombée d'un véhicule à une vitesse moyenne aurait explosé au contact de l'asphalte. Pas une en fer. Fallait un truc assez costaud pour résister au choc. L'enculé qui avait balancé son animal sur l'autoroute voulait juste l'abandonner, pas le tuer.

Par contre, le gémissement avait cessé. Plus un bruit, à part celui d'une auto qui passa à toute vitesse sur la voie de gauche, à quelques mètres de lui.

Que pouvait-il bien y avoir là-dedans ?

Si c'était un animal, il avait un peu peur qu'il lui saute au visage dès qu'il ouvrirait le couvercle. Ou alors, si l'animal se sauvait en traversant les voies et créait un accident ?

Il l'aurait bien ramené dans le fourgon pour effectuer une ouverture sereine mais la présence des cent cinquante cônes de Lübeck rendait l'accès au plateau arrière impossible.

Alors, il prit son couteau. Celui dont il se servait quotidiennement et qui lui avait déjà rendu mille services. Dans le pire des cas, si c'était un chien qui lui sautait dessus, il pourrait toujours l'utiliser pour se défendre. Ça puait le moisi ce genre d'intervention.

Un dernier regard vers Georges. Il ne vit que la lumière du projecteur et le halo qu'il prenait pleine face. Il mit ses mains au-dessus des yeux. Il s'imagina Georges endormi.

Il coupa le scotch qui scellait le haut de la caisse. Il avait la sensation d'avoir une boule de pétanque dans l'estomac.

Il souleva le couvercle.

Ce n'était pas un animal.

*

À ce moment-là, les fonctionnaires de la DIPAF arrivaient à Roissy. Tout le monde débarqua dans un grand préfabriqué, branlant de toutes parts, dont les murs se traversaient d'un simple coup de poing et dont les lames de PVC posées au sol laissaient voir la terre battue dessous. Ils étaient au service de l'embarquement migratoire. Bâtiment provisoire installé là huit ans auparavant en attente d'un nouveau site qui n'arrivait pas, faute de fric. Les étrangers y étaient stockés dans l'attente d'un avion qui les ramènerait dans leurs pays. Les fonctionnaires de l'embarquement prirent les noms, vérifièrent la procédure et on emmena les Albanais dans un local de trois mètres carrés. Ils s'y entassèrent puis on ferma une porte en plexiglas sur eux.

Léonie alla à la machine à café, prit une pièce, commanda quelque chose situé entre l'expresso et le macchiato, qu'un bras mécanique lui prépara avec amour. Elle sortit sur le perron de l'Algeco et regarda un avion en phase d'atterrissage à moins de cent mètres au-dessus de sa tête. Ici, elle était à côté des pistes. Ça ne sentait pas le moisi, ça ne sentait pas la sueur, ça ne sentait pas la crasse, ça sentait le kérosène. C'était hallucinant comment ça pouvait sentir fort ce carburant. Un quart d'heure devant cette porte et vous aviez envie de vomir. Il paraît que ça passait avec l'habitude. Elle ne resta que dix minutes et rentra. Elle croisa le regard du petit Albanais derrière son panneau de plexiglas. Elle aurait préféré l'éviter. Il la regardait fixement. Est-ce que le garçon garderait en mémoire toute sa vie le visage de ce flic français qui l'avait renvoyé dans son pays ?

Elle tapa sur le plexiglas de la porte et demanda s'ils voulaient boire quelque chose de chaud. Les parents restèrent muets mais les enfants dirent oui à un chocolat. Elle leur prit au distributeur et leur tendit. Les deux petits burent en silence après l'avoir remerciée.

Merci. Il n'y avait vraiment que ces gamins bien élevés et parfaitement intégrés pour lui dire merci. Elle avait été affectée en Seine-Saint-Denis quelques années plus tôt et se rappela non sans amertume ces gamins de cité qui lui crachaient dessus à longueur de journée quand ils ne lui envoyaient pas des pierres dans la gueule. Des bons petits Français avec les papiers bien en règle.

Alors que ses pensées étaient revenues des années en arrière, quelque part dans le 93, le chef de la brigade d'éloignement vint la voir.

— C'est toi qui t'occupes des Albanais prévus sur le vol Air France de 12 heures 15 ?

— C'est moi oui.

— Bon, y a une grève des contrôleurs aériens qui vient de se déclencher. La moitié des vols est annulée. Faut que tu les ramènes dans un centre de rétention administrative jusqu'à ce que ta préfecture leur trouve un nouvel avion.

— T'es sérieux là ?

— T'inquiète pas, c'est moi le plus dans la merde dans tout ça. Je ne vais pas finir à midi aujourd'hui et j'ai les onze ans de mon grand au Mac Do de Gonesse cet après-midi.

Léonie ne savait pas si c'étaient les onze ans d'un môme dans un Mac Do à Gonesse ou la grève qui la surprenait le plus. Elle regarda sur la feuille de route quel était le CRA[1] qui était prévu en cas de non embarquement. Évidemment, c'était à trois cents bornes d'ici, à Coquelles. Elle annonça à son équipage qu'ils allaient être obligés de faire l'aller-retour dans le Pas-de-Calais puis appela la préfecture.

— Bonjour, c'est Léonie de la PAF.

— Bonjour, c'est monsieur Ramy. Ça va bien ?

— Très bien, mentit-elle. Dites, vous pouvez aviser Coquelles pour leur dire que quatre Albanais vont prendre leur quartier chez eux pour quelques jours.

— Ils ne veulent pas embarquer ?

— Ce n'est pas ça, il y a une grève des contrôleurs aériens et leur vol est annulé.

— Mince ! Je pense qu'on va avoir un problème alors.

---

1. Centre de rétention administrative.

— Me dites pas que le CRA n'est pas réservé, c'est inscrit sur l'arrêté du préfet qu'en cas de refus d'embarquement, ils vont à Coquelles.

Le problème ne portait pas sur la réservation, le problème portait sur le fait que le CRA de Coquelles n'était pas adapté aux familles avec enfants.

Léonie eut l'impression d'être dans un rêve quand, au bout d'un temps certain, monsieur Ramy lui indiqua la procédure à adopter après avoir prévenu son supérieur.

— Bon, je viens de voir avec le directeur de l'éloignement, on laisse tomber. Aucun autre centre de rétention pour l'accueil d'une famille de quatre n'est disponible. On les libère.

— Vous plaisantez monsieur Ramy ?

— Non non, le secrétaire général a été contacté, il n'y a pas de solution.

— D'accord pour l'absence de solution mais concrètement, j'en fais quoi des Albanais ?

— Vous les libérez.

Une boule montait en elle, encore cachée tout au fond du ventre. Comme un mélange de haine et de tristesse. La gorge commençait à se resserrer et les yeux piquaient.

— Me dites pas que je viens de faire sortir d'une chambre d'hôtel deux gamins et leurs parents pour les laisser sur le tarmac de Roissy quand même ?

— Non mademoiselle, vous avez exécuté les instructions de monsieur le préfet de l'Oise...

— ... et accessoirement permis à monsieur le préfet de l'Oise de ne pas avoir à payer une nuitée de plus à des gens qui sont arrivés au bout de leurs démarches administratives. Ne vous inquiétez pas, je connais la chanson. Je vais les exécuter les ordres de monsieur le préfet. Faites-lui mes amitiés les moins sincères.

Elle raccrocha. Elle avait bien envie de balancer son poing à travers le mur mais, même en colère, elle savait très bien qu'elle allait se péter les phalanges. Elle s'abstint.

Elle ouvrit la cellule des Albanais, leur demanda de ramasser leurs affaires et sortit avec eux. Ça puait toujours autant le kérosène dehors. Aussi, elle les fit monter dans le fourgon assez rapidement.

Ses collègues, pris au dépourvu, la rejoignirent et comprirent vite ce qui se passait.

Léonie ne savait pas vraiment où elle allait les libérer. Ici ? Même pas en rêve.

D'un autre côté, on était à Roissy et à Roissy, il y avait des RER et des voitures qui venaient déposer des voyageurs. Il y avait aussi la solution de les emmener à Paris mais ça faisait une trotte et elle n'était pas toute seule. Finalement, l'entrée du RER C qui se trouvait à moins de deux kilomètres fut choisie.

L'entrée en question était un endroit sublime pour des adieux : un rond-point à trois voies à gauche, un bâtiment gris siglé SERVICES TECHNIQUES DE ROISSY à droite, avec en prime, cette bonne odeur de kérosène qu'un léger fumet de dioxyde de carbone venait relever.

Léonie vivait un vrai moment de bonheur.

— Bon, ben c'est là qu'on se quitte.

— Mais on va où maintenant madame ?

Elle leur avait déjà expliqué mais elle savait que ces pauvres gens n'avaient foutrement rien compris à cette matinée. Ils venaient de les faire sortir d'une chambre d'hôtel qu'ils habitaient depuis presque un an. Ils leur avaient expliqué qu'ils allaient tous repartir en Albanie, en faisant louper l'exposé du grand. Et maintenant, ils leur disaient qu'ils étaient libres mais dehors, sans rien, avec leurs valises qui ne résisteraient pas à la prochaine averse.

— Vous prenez le RER direction Paris et vous avez bien des connaissances dans le coin. Des gens que vous pouvez appeler. Votre avocat peut-être ?

Le vide dans les yeux du papa fit comprendre à Léonie que la question avait été bien entendue mais que la réponse n'existait tout simplement pas.

— Vous avez un peu d'argent au moins ?

— Non madame...

Cette matinée tournait vraiment au cauchemar.

Léonie regarda ce qu'elle avait sur elle. Quinze euros. C'était déjà ça.

Elle demanda au reste de l'équipe si des âmes généreuses se sentaient de donner un peu, histoire d'être en règle avec sa conscience.

— Non mais si je fais ça avec tous les crasseux que je renvoie, j'y laisse ma paye moi, objecta l'un des sous-brigadiers de l'équipage.

— Ta gueule Filou, vraiment, ferme ta gueule !

Filou ne moufta pas, il comprit assez rapidement que ce n'était pas le moment de la ramener. Certains ne donnèrent rien mais la quête ramena vingt-trois euros. En plus des quinze, on arrivait à trente-huit.

Voilà. Léonie glissa l'argent dans les mains du père et remonta dans le fourgon. Elle n'osa rien dire de plus. Elle ne savait vraiment pas quoi faire de mieux. Elle avait un vague sentiment de honte et ne vit que les quatre paires d'yeux qui la regardaient dans le rétro, lorsque le fourgon sortit du rond-point direction Beauvais, dans l'Oise.

Chapitre II

2 mars 2019, 5 heures 47.

Il pleuvait. Marc venait de se taper une vingtaine de bornes et ses essuie-glaces n'avaient cessé de balayer la pluie de mars pour lui permettre de suivre la trace que la route dessinait dans le halo des phares.

Lorsqu'il posa son pied sur le parking du centre technique, l'affichage du tableau de bord indiquait 5 heures 47. Les lieux étaient déserts. Le centre technique de la Sanef était situé près de la barrière de péage nord de Beauvais. C'était un grand bâtiment avec les garages des véhicules juste derrière. Ça aurait pu être n'importe quelle autre entreprise. Ça ressemblait à tout ce que l'on voit aux abords d'une autoroute. Un truc sans âme et triste.

Marc s'attendait à autre chose, mais à quoi au juste ?

Il avait eu un sommeil agité. Il avait rêvé de caméras, de journalistes qui l'attendaient sur le parking et qui l'empêchaient d'avancer. Il avait rêvé de micros et de gens qui se bousculaient pour avoir son témoignage inédit. Il s'était vu à la télé, son nom inscrit en caractères blancs avec une pastille « Exclusivité » en haut à droite de l'écran.

Mais tout cela n'était qu'un rêve. La journée de la veille avait certes été l'une des plus incroyables de sa vie mais de là à déplacer les médias dans l'Oise et sous cette pluie, il y avait un pas que, visiblement, personne n'avait franchi.

Il traversa le parking sans rencontrer âme qui vive et s'engouffra dans les vestiaires pour saluer deux de ses collègues qui le précédaient. Tous les trois étaient trempés.

— Eh ben, ça s'annonce encore bien avec cette pluie.

Ce type de condition météorologique était celle que les gens travaillant sur l'autoroute redoutaient le plus : pas de visibilité à plus de vingt mètres, une chaussée glissante, une attention monopolisée par ce qu'il y avait devant la voiture et pas forcément sur le côté. C'était souvent dans ces conditions-là que survenait le pire.

Le pire, Marc l'avait vécu le jour d'avant.

Son casier n'étant pas dans la même rangée que celui des deux autres collègues, il s'habilla rapidement et ne mit pas plus de cinq minutes à rejoindre le bureau de son chef.

— Tiens, t'es venu ?

Marc, décontenancé par cette phrase de bienvenue, rétorqua immédiatement :

— Ben oui, tu t'attendais à quoi ?

— À la même chose que pour Georges. Il a téléphoné hier pour nous annoncer qu'il était en maladie pour quinze jours. Il dit que ce qu'il a vécu l'a traumatisé.

Ce dernier mot hérissa le poil de Marc.

— Traumatisé de quoi. Et son portable, il est traumatisé ?

— Qu'est-ce qu'il a son portable ?

— Il n'est pas sorti du fourgon et il a pris une vidéo de la gamine avant l'arrivée des secours. Il n'a même pas été entendu par les gendarmes.

— Peut-être, mais visiblement il l'a plus mal vécu que toi. Je t'avoue que je suis embêté, je pensais que tu ne viendrais pas, je n'ai prévu personne pour tourner avec toi.

— Tu me donnes ma journée ?

— Non, ce n'est pas comme ça que je voyais la chose. Je pensais que tu te mettrais en maladie.

— Je n'ai pas posé une seule maladie depuis que je suis entré ici. Ce n'est pas aujourd'hui que ça va commencer. Avec le jour de carence en plus, j'en suis pour quatre-vingt-dix balles à la fin du mois.

Christophe avait déjà commencé à regarder le planning pour voir qui il pouvait coller avec Marc. Il sembla avoir trouvé et se leva.

— Je vais te mettre le nouveau pour la semaine. Je vais le chercher, sers-toi un café en attendant.

Marc s'exécuta et s'assit. De l'autre côté du mur, dans le couloir, ça commençait à s'activer. Les collègues arrivaient, se saluaient à la machine à café et parlaient de l'affaire de la veille. Tous avaient leur avis, certains avaient même déjà résolu le mystère. Personne ne savait que Marc, le principal intéressé, était dans le bureau du chef, à moins d'un mètre d'eux, et que les cloisons épaisses comme un papier à cigarette n'empêchaient pas les sons de passer.

À peine cinq minutes plus tard, la porte s'ouvrit et Christophe arriva avec un nouveau que Marc n'avait fait que croiser.

— Marc je te présente Hervé, Hervé je te présente Marc. Vous allez bosser tous les deux jusqu'à la fin de la semaine. C'est Marc le chef d'équipe. Ça va pour les deux ?

Les deux acquiescèrent.

— Allez, c'est parti. Vous allez au péage d'Amblainville porter un colis qui nous a été remis par erreur hier. C'est pour réparer l'une des barrières. Vous prenez n'importe quel véhicule et puis tant qu'il pleut comme ça, vous restez là-bas. Vous ne sortez que si on vous le demande. Je ne veux pas de casse inutile.

Ils partirent donc sans trop s'attarder dans la salle de pause. Marc n'avait que très peu envie de raconter à l'ensemble du service ses mésaventures de la veille. En revanche, dès les premiers hectomètres d'autoroute parcourus, Hervé lui demanda des infos.

— Tu veux savoir quoi au juste ?

— Ben l'histoire de la gamine. Ça parle beaucoup mais au final, on en apprend plus par BFM que par le service lui-même. T'es malin en plus, t'as dû te faire un petit billet sur les images, non ?

Marc se raidit légèrement, il n'aimait pas trop le ton employé.

— Tu me prends pour qui bonhomme ?

Il sortit de sa poche son portable première génération.

— Ça marche encore ces engins-là ?

— Pour téléphoner, il n'y a pas mieux. Par contre et jusqu'à preuve du contraire, ça ne prend pas de vidéos.

— Ben qui c'est qu'a filmé ?

— Celui que tu remplaces.

Hervé, à la place du passager, se mit à regarder dehors et resta silencieux quelques instants.

— Du coup, il s'est passé quoi au juste ?

Marc, lorsqu'il était arrivé au service, n'avait eu aucune envie de parler de cette histoire. Il commença, malgré lui, à raconter sa journée de la veille à Hervé. Il parla des cônes de Lübeck, de l'objet tombé sur la chaussée, de la caisse, de cette plainte continue qui l'avait fait un peu flipper.

Et puis de l'ouverture, de cette gamine lorsqu'il avait ouvert la caisse. Une petite fille recroquevillée, les genoux contre le torse, et qui semblait terrorisée.

Elle avait mis quelques secondes avant de lever la tête. Et puis, tremblante comme une feuille, elle avait doucement relevé ses yeux vers ceux de Marc. Comment était-elle habillée, quelle était la couleur de ses cheveux ? Marc aurait été incapable de le dire. Dans cette ambiance crépusculaire, seul le souvenir de ses yeux clairs et pleins de larmes sur son visage blême était gravé en lui.

Marc s'était immédiatement relevé, comme si elle allait lui sauter dessus, et avait instantanément regardé en direction du fourgon : pas de réaction de Georges. Il avait redirigé son regard vers la caisse, espérant vaguement qu'il était en train de rêver mais était de nouveau tombé sur la gamine. Il s'était même pincé. Non, il ne rêvait pas, il n'était pas dans son lit au milieu des draps. C'était vrai, c'était la réalité.

Il s'était alors accroupi et avait tendu les bras en direction de la fillette. Elle n'avait pas bougé. Elle s'était remise à pleurer. Il l'avait alors saisie par les aisselles et l'avait prise avec lui.

Lorsqu'il avait ouvert la porte du Ford, Georges n'avait toujours pas levé les yeux de son téléphone.

C'est quand il installa la jeune fille entre eux deux qu'il leva le regard.

S'il avait découvert que Marc ramenait le père Noël et ses lutins, Georges n'aurait pas eu une autre tête. La bouche grande ouverte sans autre expression que celle du gars qui vient de se rendre compte qu'il y avait une vie en dehors de son portable.

— C'est quoi ça ?

— Ça ? C'est notre objet tombé sur autoroute. T'as grillé tout ton forfait ou tu peux appeler les pompiers et les gendarmes assez rapidement ?

— Je leur dis quoi ?

— Mais ce que tu as vu à l'instant, là, devant toi !

Georges était en détresse, la situation le submergeait complètement. Il avait quitté sa zone de confort qui consistait à rouler sur l'autoroute. Il appela les pompiers en premier mais ne sut même pas dire où il était. Marc lui prit le téléphone des mains et expliqua la situation.

Le régulateur du SAMU lui demanda des informations sur la jeune fille. Il ne put lui en fournir, elle ne disait rien. Elle avait arrêté de pleurer mais ne parlait pas. Le SAMU dépêcha une équipe et Marc embraya avec la gendarmerie pour expliquer sa découverte. Les gendarmes arrivèrent en premier. Ils observèrent la gamine avec le sentiment que l'affaire qui leur tombait dessus était une bouse atomique et demandèrent à Marc où était la caisse. Il les emmena. Il s'était mis à pleuvoir assez fort et la caisse n'avait pas bougé. En revanche, elle était maintenant remplie d'au moins trois centimètres d'eau.

Le SAMU prit en charge la gamine assez rapidement et les gendarmes demandèrent à Marc de passer faire une déposition. Il entra dans les bureaux du peloton autoroutier de la gendarmerie à 10 heures 30, il en sortit à 15 heures.

Les gendarmes s'agitaient dans tous les sens pour comprendre comment cette gamine avait pu atterrir sur l'autoroute. Lui avait attendu dans un bureau pendant des plombes pour être entendu vingt minutes à peine. Lorsqu'il était enfin rentré chez lui, il avait vu à la télévision les images de la gamine dans le fourgon et il s'était même vu avec les gendarmes, sous une pluie battante. Merci Georges.

Il avait très mal dormi. Hormis ces rêves étranges de gloire télévisuelle, il avait eu l'impression que cette petite fille posait sur lui un regard que même le sommeil n'aurait su fermer. Évidemment, il ne raconta pas à Hervé les troubles de la nuit mais ce dernier était resté suspendu à ses lèvres tout au long de son récit.

— C'est un truc de dingue mec ! Les gendarmes t'ont expliqué comment c'était possible ?

— Non, à part qu'elle est tombée d'un véhicule qui allait en direction d'Amiens, ils ne savent rien.

— Et la gamine, elle a quoi ?

— Rien, physiquement elle n'a rien du tout. Après faut voir en dedans. De ce que j'ai compris, elle est encore à l'hôpital et elle sera remise à un foyer si personne ne se manifeste pour la récupérer.

Le reste de la matinée, Marc répéta son histoire au moins trois fois à qui voulait l'entendre. Ça lui fit un peu de bien.

Chapitre III

2 mars 2019, 9 heures 45.

La berline flambant neuve du commissaire Combeferre ronronnait sur le parking du service. Il était le patron de l'antenne départementale de la police de l'air et des frontières des Hauts-de-France.

Issu de la petite bourgeoisie beauvaisienne et titulaire d'une maîtrise en droit, son père avait voulu en faire un énarque. Il avait raté de peu le concours d'entrée, d'après son père. Il s'était alors rabattu sur une carrière d'officier militaire où, là aussi, il avait échoué au concours d'un rien, toujours d'après son père. Ce même père l'avait ensuite fait entrer dans un cabinet d'avocat mais son fils n'avait pas supporté d'être réduit à des tâches subalternes. Il était né sous le signe du lion, il ne voulait pas être la gazelle, comme il le disait si bien à ses parents, à l'époque. Il avait aussi échoué de peu au concours de notaire qu'il avait pourtant tant préparé. Ça, c'était d'après sa mère.

La réalité était qu'il était fainéant comme une couleuvre et qu'il était né avec une cuillère en argent dans la bouche. Il avait toujours tout eu sans faire grand-chose et avait donc naturellement échoué dans ses tentatives de se faire tout seul.

Il passa alors le concours de commissaire de police mais il rata son entretien avec le jury.

Par le biais d'un article méconnu du concours, il devint donc officier de police et passa la première partie de sa carrière à la préfecture de Paris, où il s'ingénia à se rapprocher le plus rapidement possible des bureaux et des cabinets ministériels. Là-bas, il fut invité à passer le concours de commissaire et il l'obtint comme son permis de conduire, à la cinquième tentative.

Il avait alors parcouru la France de long en large et de bas en haut avant de revenir à Beauvais en tant que directeur de service. Une consécration pour lui ? Non, une revanche. Il y était depuis dix ans et il n'en bougerait plus. Son poste, très rémunérateur, était convoité. De multiples primes, une voiture et un appartement de fonction, un salaire plus que confortable. Il ne le lâcherait pour rien au monde.

Le mot du dictionnaire qui aurait pu le définir au mieux était situé entre triste sire et pisse-froid. Quels que soient les arguments qu'on lui opposait, il avait toujours raison. Et moins son interlocuteur avait de grade, plus la façon dont il le démontrait était condescendante. Le contraire était tout aussi vrai. Et si le président de la République lui avait affirmé que deux et deux font trois, il aurait pu l'admettre sans aucune difficulté. Il ne se fiait pas à l'homme mais à sa situation sociale ou à son grade.

Maladie incurable, d'après Léonie.

Il aimait l'argent et lui-même. C'est tout. Le reste ne l'intéressait pas.

Il avait connu trois suicides de policiers alors qu'il était chef de service. Absolument rien ne lui avait jamais été reproché. Il dirigeait son service sans aucun état d'âme. Quelquefois, il pouvait donner l'impression d'être vaguement à l'écoute. Ce n'était jamais le cas. Comme il aimait le dire, il était commandant de bord, avait peu de fioul en stock et devait ramener beaucoup de poissons, et jusqu'à preuve du contraire, le chemin le plus court était la ligne droite, tant pis pour ceux qui se trouvaient sur sa trajectoire.

Léonie, assise sur le siège passager, attendait qu'il descende. La réunion avec le préfet à laquelle elle participait maintenant chaque mois l'ennuyait profondément mais elle ne pouvait y échapper. C'était là la seule occasion où Léonie pouvait voir son patron baisser la tête devant le préfet lorsque celui-ci n'était pas satisfait d'un point précis.

Si elle avait obligation d'assister à ce genre de réunion, c'est parce que le commissaire avait un problème avec la féminisation de la police. Là où beaucoup y voyaient une normalité, lui y voyait une régression totale de ce qu'il avait connu à la fin des années 1980, moment de son entrée dans la grande maison. Comme des syndicats avaient, par le passé, émis des soupçons de misogynie sur sa personne, il prenait volontiers l'une des rares femmes du service comme bouclier.

Et puis, Léonie connaissait bien le service. Elle y travaillait depuis maintenant six ans et était la plus ancienne de l'unité judiciaire. Elle savait quoi répondre si son patron hésitait sur les questions toujours très pointues du préfet.

Combeferre arriva l'air guilleret.

— Alors Léonie, prête à être fusillée ?

Il avait adopté la coutume, deux ans plus tôt, d'appeler ses subordonnées par leur prénom en revenant d'un stage de management. C'était mieux paraît-il. C'était toujours cette même phrase qu'il balançait lorsqu'ils se rendaient à cette réunion. S'il ne disait rien, c'est qu'il y avait un problème. Pour toute réponse, elle lança un :

— Dites donc monsieur, il paraît que vous allez être décoré prochainement ?

Le commissaire se tourna vers elle, l'air soupçonneux.

— Comment vous savez ça ?

— Par mon petit doigt...

— Sérieusement, vous l'avez su par qui ? J'avais donné l'ordre de ne le dire à personne.

Parce que tu crois que quand tu donnes un ordre, il est obligatoirement respecté, pauvre con, pensa-t-elle.

Elle répliqua que l'information venait des syndicats, sans plus de précision. Il eut l'air un peu décontenancé mais le « Félicitations ! C'est une belle médaille pour vous ! » le calma et il sembla même à Léonie que Combeferre gonflait d'orgueil lorsqu'il lui expliqua pourquoi et comment il avait réussi à décrocher la médaille de vermeil des forces de sécurités intérieures. Une breloque qui n'existait que depuis l'année 2009 et qui, techniquement, ne voulait rien dire et ne servait à rien.

En fait, ce qu'elle retint, c'est qu'il n'avait rien fait d'autre que d'avoir les meilleurs chiffres de sa zone, chiffres qui faisaient bander les préfets et les grands directeurs à Lille et Paris. Elle comprit aussi qu'il avait su se prostituer avec panache, et plus il expliquait pourquoi c'était lui le plus beau et le plus fort, plus Léonie avait envie de sauter de la voiture en marche pour voir si c'était moins insupportable que d'entendre ce ramassis de conneries.

Toutefois, il évita, par timidité certainement, de parler des trois suicides qu'il avait eu à gérer dans sa carrière.

Quelques minutes plus tard, ils arrivaient parmi les derniers dans la salle de réunion et s'assirent à côté du directeur de cabinet. Toutes les huiles du département étaient là en costume cravate élégant. Tous sauf Léonie qui était en uniforme. Combeferre souhaitait qu'elle représente la police en tenue, qu'elle en soit fière et que l'on puisse montrer au préfet que celle-ci était représentée autour de la table. En réalité, c'était pour bien montrer la différence devant tous, entre lui et ses subalternes. Dans son esprit, c'était une sorte d'humiliation.

Les choses courantes furent rapidement expédiées et l'histoire de la gamine fut abordée. Le colonel du groupement de gendarmerie prit la parole.

— Effectivement, hier sur l'A16 à hauteur du kilomètre 116 dans le sens Paris-Province, une équipe de l'autoroute est intervenue après l'appel d'un automobiliste et a découvert dans une caisse de transport pour animaux une petite fille âgée d'environ sept ans, vraisemblablement d'origine étrangère et assez probablement irakienne ou syrienne. Nous n'avons aucun moyen de l'identifier pour le moment, elle n'est pas blessée mais elle est toujours en observation à l'hôpital de Beauvais. Pour le moment, c'est le peloton d'autoroute qui est chargé de l'enquête, et nos effectifs sont secondés par la brigade de recherches de Beauvais. Il est assez probable que nous soyons en présence d'un passeur qui aurait, pour des raisons que nous ignorons encore, jeté cette petite sur l'autoroute ou bien, et c'est l'hypothèse que nous retenons en priorité, perdu la fillette. Nous imaginons aussi qu'elle n'était pas seule. Ainsi, nous pensons que ses parents vont se manifester dès leur arrivée dans un des camps de Calais ou des environs. Pour nous, ce n'est qu'une question de temps. Quoiqu'il arrive, cette gamine n'est pas blessée et il n'y a aucune infraction grave contre sa vie car je le répète, tout laisse à penser qu'elle est arrivée là plus par accident que par réelle volonté.

— Merci colonel, poursuivit le préfet, je vous rappelle que cette histoire est sortie hier après-midi dans les médias et qu'aujourd'hui, à midi, je vais tenir un point presse pour expliquer tout cela. Je vous saurais gré de gérer cette histoire assez rapidement colonel. Quelqu'un autour de cette table a-t-il quelque chose à ajouter au sujet de cette affaire ?

— C'est-à-dire, monsieur le Préfet, que l'actualité assez chargée et notamment le contexte social perturbé par les gilets jaunes met mes effectifs à rude épreuve comme vous avez pu le constater dans la note que je vous ai fait parvenir la semaine dernière. Je voulais profiter de la présence de monsieur le procureur pour savoir s'il ne serait pas opportun de saisir un service plus spécialisé que nous, dans l'immigration irrégulière, et notamment le trafic de migrants.

— Vous voulez que je saisisse la police judiciaire ? s'étonna le procureur.

Le chef de l'antenne PJ de Creil commençait déjà à lever les yeux par-dessus ses lunettes, en fixant le procureur, comme s'il redoutait la patate chaude.

— Non monsieur, je pensais à la police de l'air et des frontières. L'immigration irrégulière est leur cœur de métier et la connaissance qu'ils ont des campements de Calais devrait faire avancer l'enquête bien plus rapidement que si mes hommes s'en occupaient.

Combeferre adressa un regard furtif à Léonie. Il s'éclaircit la voix et prit la parole.

— Ma foi, il y a longtemps que je ne crois plus au père Noël mais je vais réviser ma position dès ce soir. La gendarmerie qui lâche une affaire aussi facile pour en faire profiter la police. C'est un cadeau du ciel.

La réponse du colonel fit rire l'assemblée entière :

— Ce qui tombe du ciel en ce moment pour mes hommes, ce sont les pavés et les chaises de cuisine lancés par les gilets jaunes. Profitez-en donc monsieur le commissaire !

Combeferre était fier de la réaction de l'assemblée. Oui, il était capable de prendre cette affaire en main et oui il allait la traiter pour faire plaisir à ces messieurs.

Mais il veut quoi en plus de sa médaille ce lèche-cul, la légion d'honneur ? se demanda Léonie à qui on n'avait pas donné l'occasion d'ouvrir la bouche.

— Et bien soit, continua le procureur. Je vais dessaisir la gendarmerie au profit de la police nationale. Pour une fois que ça se passe bien !

Des sourires apparurent sur les visages et le silence se fit.

— Excusez-moi, colonel, en profita Léonie. Y a-t-il eu des relevés de traces ADN sur la caisse, y a-t-il des traces papillaires qui ont été mises en évidence ?

Le colonel, sans la regarder, parut surpris par cette subalterne qui prenait la parole.

— Rien, la pluie a détrempé la scène. Pas d'empreintes, pas d'ADN...

Le préfet s'enfonça dans son siège d'un air songeur et on passa à la suite.

Durant le trajet du retour, le commissaire aborda le sujet.

— Bon, vous avez vu ce qu'il reste à faire Léonie ? Vous me retrouvez les parents de la gamine et l'affaire est bouclée.

— Je veux bien monsieur, on fait comment si ce n'est pas ce que super gendarme subodore ?

— Comment ça ?

— Si ce n'est pas un passeur qui a perdu un colis ? Si les parents ne se manifestent pas ?

— Aucun parent ne laisserait son enfant à l'abandon. Il y a plus d'associations humanitaires sur Calais que de poux sur la tête d'un punk à chien Léonie. Dans deux jours c'est plié.

Ça y est ! elle commençait à sentir monter le moment où elle allait avoir envie de lui écraser la gueule sur le volant.

— Je vous rappelle que je suis toute seule à l'unité judiciaire. J'ai récupéré les cinquante-sept dossiers de mes collègues et vous m'en mettez un des plus médiatiques sur le dos. Je m'en serais bien passé, je vous l'avoue.

— Voyons Léonie ! Vous savez aussi bien que moi, que dans deux jours, les parents rappliquent et reprennent leur môme. On fait venir la presse et la PAF est à l'honneur.

— Vous serez à l'honneur plutôt ! Laissa-t-elle échapper. Elle le regretta aussitôt. Combeferre n'aimait pas ce genre de réflexion. Mais il savait aussi qu'il ne pouvait pas se mettre Léonie à dos, unique rescapée de l'unité d'enquête.

— Mais non, je veux simplement mettre en lumière votre travail qui, depuis quelque temps, est devenu compliqué faute de personnel. J'ai eu le préfet au téléphone récemment et il s'émeut du nombre de filières d'immigration clandestine en baisse pour l'année dernière. C'est l'occasion pour vous, pour le service de remonter un peu dans son estime. Vous n'êtes pas d'accord avec moi ?

— Commandant, je suis toute seule dans un groupe à effectif théorique de six. Je fais quoi ?

— Les collègues de l'unité de voie publique vous fileront un coup de main.

— Ils sont quatre pour traiter la dizaine d'étrangers en situation irrégulière qu'on ramasse chaque jour. Ils sont débordés.

— Je vois que vous êtes ronchon aujourd'hui Léonie, on en reparle demain et vous verrez que tout ira bien. Ne vous inquiétez pas.

C'était sa façon de dire qu'il n'avait plus envie de discuter et que sa décision était prise.

À vrai dire, sur les six effectifs de cette unité qui avait pour vocation les enquêtes touchant à l'immigration irrégulière, c'était la seule à être encore debout. Trois de ces collègues avaient choisi de muter : l'un dans le sud, l'autre chez lui à Lille, et à la dernière rentrée le troisième était reparti dans la banlieue parisienne, dans l'un des commissariats les plus pourris de France. Sans que quiconque ne s'étonne du chemin que l'on faisait en sens inverse habituellement, lorsqu'on est policier. Quant aux deux autres, ils étaient en arrêt maladie depuis des lustres ; le commissaire les avait rincés dans un premier temps puis essorés dans un second. On ne les reverrait pas avant un bon bout de temps. Et comme la réputation du chef de service était connue bien au-delà des frontières du département, il n'y avait pas beaucoup de postulants pour renforcer l'unité judiciaire.

Léonie fila dans son bureau et navigua sur internet en attendant midi. Elle irait courir une demi-heure, ça lui ferait du bien.

*

Le Jumper filait à quatre-vingt-dix kilomètres à l'heure. À vide, la caisse arrière donnait l'impression de rouler à cent soixante. Hervé demanda à Marc s'il avait des nouvelles de Georges.

— Aucune. Il doit profiter de sa dépression pour se changer les idées à Longchamp. A moins qu'il squatte son canapé devant Equidia.

— C'est un turfiste ?

— Un acharné du bourrin même, il doit laisser la moitié de son salaire dans les courses.

Hervé s'était rapidement mis Marc dans la poche. Il avait beau être plus jeune, il ne passait pas son temps avec son portable et ils avaient pas mal de sujets de discussion en commun. Et puis surtout, Hervé ne se plaignait pas de tout. Il ne rechignait, pas encore, à la tâche et il était plutôt positif dans sa façon de voir les choses. Du coup, tout était plus simple qu'avec Georges. Marc avait beau s'être habitué à son ancien équipier, ça semblait quand même être mieux parti avec celui-là.

Il savait d'Hervé qu'il était célibataire, sans enfant, qu'il avait été embauché à la Sanef moins de quatre mois auparavant et qu'il avait trente-deux ans. Visiblement, il avait fait pas mal d'intérim auparavant. Il était natif de Lille mais une fille l'avait fait s'installer dans le coin, sept ans plus tôt. Cette même fille était repartie à Lille depuis trois ans, pas lui.

Marc lui, était marié et père de deux enfants. Il bossait à la Sanef depuis son départ de l'armée en 2008. Il était arrivé au bout des quinze ans de contrat et n'avait jamais passé le concours de sous-officier. Il fallait partir loin et voyager dans la France entière pour monter en grade. Et faire tant de sacrifices pour finir adjudant-chef ne l'intéressait pas trop. Il avait beaucoup trop d'attaches dans l'Oise.

— Comment peut-on avoir des attaches dans un département aussi pourri ?

Marc esquiva la question.

— Et toi, pourquoi tu ne retournes pas dans le Nord ?

— Pour ne pas recroiser ma connasse d'ex. Surtout ne jamais la revoir, dit-il en rigolant à moitié. Et puis j'ai failli repartir mais le CDI que je viens de signer avec la boite m'a fait changer d'avis pour l'instant.

— Tiens les gendarmes...

Arrivés au péage de Beauvais Nord, les gendarmes du peloton autoroutier étaient effectivement occupés à faire un contrôle.

Marc salua le militaire.

— Salut, ça va bien ?

— Ouais et toi ?

— Ça allait mieux avant que tu m'envoies sur une gamine enfermée dans une caisse.

— Quelle histoire de merde. Ça fait deux jours qu'on n'arrête pas. Heureusement, les flics reprennent le dossier. On leur a envoyé ce matin.

— Du coup, t'en profites pour refaire chier les automobilistes qui vont bosser.

— Non, aujourd'hui, c'est une opération anti-feignasse au boulot. On vous contrôle parce qu'avec un seul véhicule de la Sanef, on fait le chiffre des dix ans à venir.

Les deux s'esclaffèrent devant l'air interrogateur d'Hervé.

— Ah oui au fait, je te présente Hervé, il fait équipe avec moi car Georges est en maladie, rapport au traumatisme d'avoir découvert la gamine.

— Ah ? fit l'adjudant, l'air décontenancé, un traumatisé de plus alors. On doit avoir les mêmes. Bon j'y retourne, faut que je claque encore deux timbres amende pour rentrer dans ma moyenne. Au fait, tu vas certainement être réinterrogé par la police de Beauvais sur les circonstances de ta découverte.

— On en sait plus ?

— Rien. La gamine ne décroche pas un mot. On pense que c'est une Afghane ou un truc comme ça, qui devait aller avec sa famille à Calais et dont le passeur aurait perdu la caisse sur la route. Elle est toujours à l'hosto mais elle devrait être placée dans une famille d'accueil ou un foyer. Ils t'expliqueront mieux que moi parce que ça, je n'ai pas trop envie de m'y intéresser.

— À plus alors !

Le Jumper rentra tranquillement au centre technique.

— Tu le connais bien le gendarme on dirait ?

— Onze ans d'autoroute, j'ai passé je ne sais pas combien de temps avec lui sur des accidents, à attendre les dépanneuses ou les secours. Ça crée des liens. Il est sympa.

Chapitre IV

3 mars 2019, 8 heures 45.

La matinée était fraîche mais la journée allait être comme la précédente : chaude et ensoleillée. Léonie s'interdisait de réfléchir à ces trop chaudes journées d'hiver où le thermomètre dépassait régulièrement les vingt degrés. Pour un mois de mars, elle avait beaucoup de mal à se dire que c'était normal. Elle allait travailler en vélo, et voilà bien tout ce qu'elle pouvait faire pour la planète.

L'air frais remplissait ses poumons jusqu'à leurs plus petites alvéoles. Lorsqu'elle était mal réveillée, c'était mieux que cinq cafés pris à la suite. Il était là son coup de fouet.

Elle était seule à pédaler sur l'ancienne voie de chemin de fer reconvertie en piste cyclable. Elle en profitait, perdue entre deux routes, au milieu d'une campagne mangée par le béton de l'urbanisme galopant. Pouvoir pédaler huit kilomètres aller-retour pour rejoindre le boulot, sans être constamment prise dans la tourmente automobile. Son petit luxe à elle. La dernière borne était certes un peu plus compliquée, un peu plus pentue, mais c'était le prix à payer. Elle observait les arbres, constatait leur changement jour après jour, écoutait le chant des oiseaux.

Ces vingt minutes de vélo lui permettaient de décompresser lorsque son travail lui sortait par les trous de nez.

Elle arriva à l'aéroport de Beauvais-Tillé. L'ancienne tour de contrôle avait été complètement réhabilitée et accueillait désormais les locaux de l'antenne de l'Oise de la direction interrégionale de la police de l'air et des frontières des Hauts-de-France. Ce service de police se situait à Lille et disposait dans la région de plusieurs antennes départementales. Tout ce qui touchait à l'immigration clandestine du département passait obligatoirement par cet endroit. L'Oise n'ayant aucune frontière terrestre avec un pays étranger, un énarque avait eu l'idée de faire de cette ancienne tour un symbole.

Là, sur l'emprise aéroportuaire, était installé le service de police chargé de lutter contre l'immigration irrégulière à proximité des seules limites entre l'Oise et l'étranger : les frontières aériennes.

L'énarque avait certainement été promu pour avoir eu cette idée de génie et les policiers avaient intégré cette tour. Ainsi, la grosse partie des effectifs contrôlait aux péages et aux gares pour ramener des gens qui n'avaient pas les autorisations nécessaires pour rester sur le territoire national et la plus petite partie tentait de savoir comment ils étaient arrivés en France, comment ils y restaient et comment on allait bien pouvoir les renvoyer chez eux. Vaste programme !

Léonie salua quelques collègues. Deux se retournèrent sur son passage. Elle avait un beau cul et à chaque fois, les yeux de mâles en rut étaient aimantés par son fessier. Ces types-là, ça faisait huit ans qu'ils la croisaient régulièrement, et ça faisait huit ans qu'ils mataient son cul automatiquement. Elle pénétra dans la tour.

Ce qui devait être une bonne idée au départ était rapidement devenu un gros problème. La tour de contrôle avait été construite après la Seconde Guerre mondiale avec des normes aujourd'hui obsolètes, surtout en termes d'isolation. L'été, c'était un four et l'hiver, un frigo. Elle était forcément haute et c'était l'un des seuls atouts de travailler ici. De son bureau, Léonie avait une vue imprenable sur Beauvais. Son grand-père avait habité Tillé autrefois et il lui avait certifié que du haut de cette tour, jadis accessible au public, il pouvait voir la tour Eiffel par beau temps. Léonie essayait souvent de deviner l'emblématique monument parisien lorsque le ciel était dégagé. Elle n'y était toujours pas parvenue.

La montée au deuxième étage se fit par les escaliers, ultime étape avant d'entrer, par la porte sécurisée, dans son service.

Elle appliqua son badge sur le détecteur et la porte s'ouvrit. Selon un rituel immuable, elle salua les deux secrétaires et fit le tour des bureaux avant de pénétrer dans le sien : un immense espace pouvant accueillir l'intégralité de l'unité judiciaire au complet soit six fonctionnaires de police et leur matériel. Aujourd'hui, elle y était seule. Ce n'est pas que ça la dérangeait mais c'était vraiment étrange de bosser dans un bureau de la taille d'une salle de pause et d'y passer le plus clair de son temps seule, assise près de la fenêtre, à regarder les avions qui décollaient et au loin, la vieille cité beauvaisienne.

Quand elle démarra son PC, elle remarqua un dossier cartonné rouge posé sur le clavier. *Affaire A16* y était inscrit au marqueur noir. Une sorte de bordereau de transmission stipulait que l'affaire initiée par la brigade de gendarmerie du peloton autoroutier de Beauvais était maintenant destinée, sur ordre du procureur, à la PAF de l'Oise.

Ils n'ont pas perdu de temps, les cruchots.

Elle fut immédiatement surprise par l'épaisseur relative du dossier.

« Putain, c'est quoi ce dossier ? Et merde, ils n'ont rien branlé... », tempêta-elle après avoir parcouru la petite dizaine de procès-verbaux.

Rien, il n'y avait rien dans ce dossier.

Elle pensa assez rapidement qu'elle avait encore une fois hérité d'une petite bouse bien merdique et se sentit lasse. La bouilloire indiqua que l'eau de son thé était chaude et elle s'en versa une tasse.

Les gendarmes avaient simplement avisé toute leur hiérarchie, le commandant, le colonel, le général, le procureur de la République... Il ne manquait que le ministre. Quant au concret, rien du tout. Elle devait repartir comme si c'était elle qui avait trouvé la gamine en gros. Elle hésita à aller voir Combeferre mais se ravisa, se disant qu'étant donnée la rapidité avec laquelle il avait mis à accepter le dossier, il l'enverrait paître.

L'unité de voie publique venait de ramasser six étrangers en situation irrégulière à la gare de Compiègne et elle savait trop bien que les collègues du groupe d'à côté en auraient au moins jusque 20 heures : temps qu'il fallait pour trouver des places dans les différents centres de rétention du coin et tenter de les expulser du pays.

Elle but donc son thé, scruta quelques instants à la fenêtre un avion partir pour Dublin. Depuis le temps, elle connaissait le programme des vols par cœur. Puis, elle commença à élaborer un plan.

En premier lieu, il lui fallait repérer le véhicule qui avait *oublié* la gamine sur l'autoroute. Étant donné qu'une autoroute est un axe payant à l'entrée comme à la sortie, il lui fallait visionner les caméras des péages pour constater que tel ou tel véhicule avait une caisse dans le coffre, ou sur le siège arrière, ou que la porte de tel fourgon était mal refermée. C'était comme ça que, d'après elle, ça s'était passé.

Elle téléphona à la Sanef et au bout d'un temps plus que certain, elle fut invitée à se présenter au centre technique de Beauvais, près du peloton autoroutier de gendarmerie, pour y visionner à son aise les bandes vidéo.

Avant de partir, elle contacta l'unité judiciaire interrégionale. C'était la même unité que la sienne mais compétente sur l'ensemble des départements des Hauts-de-France. Ses membres étaient trente dans le groupe et disposaient de très gros moyens techniques pour mener leurs investigations. Son collègue au téléphone lui assura que le signalement de la gamine avait été diffusé dans tous les camps de migrants de Calais et des environs, de Dunkerque et de Grande-Synthe. Bref, le littoral avait été inondé de prospectus par les services de la DIPAF des Hauts-de-France et les associations d'aide aux migrants avaient été également briefées. Selon lui, dans peu de temps, elle aurait des nouvelles.

Elle mit ensuite son blouson, enfila son arme de service dans l'étui à port discret et quitta son bureau. En passant, elle regarda avec un peu de peine les six étrangers entassés dans le bureau de ses deux collègues qui étaient en train de leur notifier leurs droits. Le bureau sentait les pieds et la sueur. L'un d'eux daubait gravement et son audition allait certainement donner des hauts-le-cœur à toute l'équipe. Elle en avait quelquefois un peu marre de ce qu'elle faisait à Beauvais mais elle n'enviait absolument pas les collègues du groupe d'à côté, pour qui l'expression « abattage à la chaîne » prenait tout son sens. Tout ça pour une prime de cinq cents euros qui était distribuée selon l'humeur du chef de service tous les sept ou huit ans.

Combeferre, pour ses bons résultats, en prenait vingt mille… et lui, c'était tous les ans.

Léonie s'était déjà amusée à calculer que le patron était là depuis dix ans et qu'il avait eu cette fameuse prime chaque année. Il avait donc tranquillement pu se payer une baraque en dix ans.

Elle avait touché la prime une seule fois depuis son arrivée. Elle s'était achetée son vélo au comptant. Ce qui, finalement, devait être déjà beaucoup...

Elle partit directement visionner les images à la Sanef. Elle arriva au centre technique, planté au milieu de nulle part assez rapidement. Le vent soufflait fort et elle faillit perdre l'équilibre en sortant de sa voiture. *Pourvu que personne ne m'ait vue...*

Le chef de centre l'accueillit par l'une des pires phrases d'accroche qu'elle ait pu entendre dans sa vie.

— Si j'avais su qu'il y avait d'aussi jolies policières, peut-être aurais-je passé le concours plutôt que d'entrer à la Sanef.

Il est sérieux là ? se demanda-t-elle avant d'enchaîner avec un :

— Faites gaffe, votre braguette est ouverte. Vous pourriez m'éborgner ! qui devait mettre un terme au sourire niais qui se voulait séducteur de ce type au ventre de buveur de bière.

Elle lui montra la réquisition qui l'autorisait à visionner les vidéos et il l'installa derrière les écrans de la surveillance de l'autoroute. Elle aurait bien aimé un café mais après la séquence d'introduction, se dit que c'était mort.

Elle avait pris le dossier, avait un peu réfléchi et savait comment elle allait procéder. Avant le kilomètre 74,5, il y avait quatre entrées sur l'A16 : celle d'Amblainville, celle de Méru et les deux de Beauvais, la Nord et la Sud.

À raison d'un déplacement à soixante-dix kilomètres à l'heure au minimum (c'était la limite qu'elle s'était fixée) depuis Amblainville, le véhicule aurait dû y passer à 6 heures, à Méru à 6 heures 15 et à Beauvais nord et sud, les deux entrées n'étant distantes que de trois kilomètres, à 6 heures 45.

Elle allait prendre un horaire et l'élargir à quinze minutes avant et après l'heure approximative de passage. C'était vraiment pour prendre large, très large même. Elle avait le créneau, maintenant il fallait qu'elle garde ses deux yeux bien ouverts.

Alors elle observa, examina toutes les voitures qui passaient. Déjà, sur les vidéos, il faisait nuit et c'était impossible de voir à l'intérieur. Il y avait en tout cent deux véhicules qui étaient passés dans ce très large créneau, sur les quatre péages dans le sens Paris-Province.

Rien ne l'avait particulièrement intriguée. Il y avait cinquante-neuf voitures, trente-deux fourgonnettes et sept fourgons. Il y avait aussi quatre camions avec remorque. Son expérience lui avait appris que les trafiquants de migrants roulaient souvent dans des camionnettes dont on ne pouvait distinguer l'intérieur. En tout état de cause, ces véhicules avaient les portières arrière bel et bien fermées au moment de leur passage.

Elle releva les cent deux immatriculations en se demandant si elle avait vu juste au niveau des horaires de passages. Mais comme il fallait bien se donner une limite, elle n'alla pas plus loin. Vu que les bandes étaient sauvegardées, elle pourrait y revenir si ça n'aboutissait pas.

Elle quitta le local vidéo à 18 heures 16.

Le chef de centre n'était plus venu la voir de la journée et à cette heure-là, il devait être parti. Personne ne s'était inquiété d'elle, à part la femme de ménage vers midi.

Elle en était sortie une seule fois pour voir ce qu'elle pouvait trouver à manger. Les locaux étant déserts, elle tomba sur une machine qui, pour la modique somme de trois euros cinquante, lui délivra un sandwich triangle au jambon emmental. Un régal.

Lorsqu'elle quitta le bâtiment, elle ne croisa personne. Elle reprit son véhicule de service et décida, vu l'heure tardive, de rentrer directement chez elle.

Interlude

3 mars 2019, 21 heures.

Décidément, Marc n'arrivait pas à dormir ces derniers jours. Les yeux de cette gamine semblaient s'ouvrir dès qu'il fermait les siens. Sa femme, à côté, était partie dans les bras de Morphée depuis longtemps. Elle, infirmière, et lui, d'équipe de matin, se levaient à 5 heures le lendemain. Ils avaient l'habitude de se coucher en même temps que les enfants, voire avant.

Ils habitaient un pavillon à une quinzaine de kilomètres de Beauvais et dont les environs étaient paisibles. Les enfants étaient certainement en train de dormir aussi.

Seul Marc n'était pas serein. Pas serein du tout même. Tout le ramenait au kilomètre 116 de l'A16, quelques jours plus tôt. Ce n'est pas qu'il aimait les étrangers. Il avait des idées assez arrêtées sur le sujet et il mettait volontiers un bulletin pour l'extrême-droite dans l'urne lorsqu'il lui fallait voter parce que, pensait-il, c'était le seul bord politique qui n'en voulait pas en France. Lui, il trouvait que tous ces étrangers n'amenaient rien de bon pour le pays. Ce n'était, en revanche, pas une raison pour laisser une gamine de six ou sept ans au milieu de l'autoroute et surtout pas une raison pour qu'elle ne retrouve pas ses parents.

Il se leva et alluma la télévision dans la chambre d'ami. L'écran s'ouvrit sur une chaîne d'information continue et il apprit qu'un attentat venait d'avoir lieu dans le sud de la France. Un islamiste avait abattu trois personnes dans la rue avant de se prendre une cartouche par une patrouille de gendarmerie qui venait d'arriver sur place. Il resta un moment devant l'écran comme happé par les images du terroriste mort devant la boulangerie du village et recouvert d'un drap blanc. *Putain d'Arabe.*

Il ne dormit pas cette nuit-là, hypnotisé par les images qui étaient les mêmes qu'au début. S'il avait dû y avoir un truc de nouveau, il ne voulait surtout pas le rater.

Il ne vit cependant rien de neuf de toute la nuit.

*

Léonie venait d'aller coucher la petite dernière et rejoignit son mari, qui lui terminait la vaisselle. Chose banale dans un couple banal. Les enfants étaient couchés, la soirée allait certainement être tranquille. Elle prit un bouquin et se mit à lire à côté de son mari, qui regardait des prospectus de bagnoles.

Elle lisait pas mal de romans policiers depuis toute petite. Celui qu'elle tenait parlait d'un flic tombé dans l'alcool depuis la mort de son fils et qui enquêtait sur un réseau de prostitution du côté des catacombes. Il faisait partie d'une brigade de police judiciaire qui n'existait pas dans la vraie vie. Elle était un peu déçue par la tournure que prenait l'histoire du livre. Beaucoup trop de policiers de fiction passaient pour des types ou des femmes avec des putains de fêlures qui leur bouffaient la tête. Des alcooliques, des flics dont la femme s'était barrée dix ans plus tôt et qui élevaient seuls leur gamine handicapée suite à un accident de voiture provoqué par un mystérieux inconnu. Toujours de quoi faire penser au grand public que le flic de base était un homme à part, dans une vie mi-merveilleuse, mi-pourrie.

Elle, elle avait la même vie que tout le monde et s'était mariée avec un homme qui la comblait vraiment. Certes, elle avait vu des choses assez peu banales dans sa vie, voire carrément immondes, mais pas assez pour la déstabiliser.

Elle avait couru, lorsqu'elle était jeune fliquette, derrière des voleurs de sac à main, les avait rattrapés, quelquefois. Elle avait pris des risques insensés pour souvent pas grand-chose et même conduit à contresens sur autoroute pour arrêter un mec qui n'avait juste pas le permis de conduire. Elle avait vu des familles vivant dans des endroits où elle n'aurait même pas fait dormir son chien ; des gamins dont on effaçait le mot avenir de l'existence dès leur naissance ; des types qui s'étaient fait percuter par une locomotive et dont il ne restait que des morceaux épars sur les voies. Elle n'avait pas simplement effleuré la misère sociale, elle avait mis les mains dedans. Et même la tête. Mais ça ne l'avait pas détruite. Ça l'avait même confortée dans sa façon de vivre sa vie et d'élever ses propres enfants.

Elle ne fumait pas, picolait peu. Il y avait bien des matins où elle se réveillait avec un joli mal de tronche dû à un léger excès de vin blanc mais rien de bien méchant. Ses enfants étaient normaux, et elle les aimait plus que tout au monde. Une vie parmi tant d'autres quoi. Le seul truc qui la différenciait des autres, c'était l'absence de télévision à la maison. Elle avait été intraitable là-dessus lorsqu'elle s'était installée avec son mari. Un moyen assez sûr de ne pas réduire les quatre cerveaux de la maison en bouillie, de ne pas en faire des espaces de disponibilité pour la publicité.

Elle se coucha à 22 heures 15 et s'endormit aussitôt.

Chapitre V

5 mars 2019, 8 heures.

Le lendemain, Léonie profita du jour de repos de son mari pour partir plus tôt de la maison. Elle avait très envie de voir cette histoire sortir de son bureau le plus rapidement possible. Les médias s'intéressaient à l'affaire, donc le commissaire Combeferre intéressait les médias. Et comme Léonie ne voulait pas trop le voir traîner autour de son bureau, comme un vautour autour d'un morceau de viande, elle se mit au travail rapidement. Elle voulait bosser sereinement. Et puis, vis-à-vis de cette petite inconnue, la moindre des choses étaient de retrouver ses parents. *Avant expulsion,* ironisa-t-elle.

Ses collègues de l'autre groupe n'étaient pas encore arrivés. Elle alluma son PC et tomba sur les attentats de la veille. Elle prit une demi-heure pour tout comprendre mais réussit à s'en détacher très rapidement. Ces attentats, qui touchaient la France depuis *Charlie Hebdo,* commençaient à devenir une habitude mais elle savait très bien qu'à part les effets de manche, rien ne bougerait vraiment.

Fallait juste attendre le prochain en espérant qu'il se passe le plus loin possible de sa famille.

Elle lança ensuite son grand travail de recherche, passant au fichier des véhicules les cent deux immatriculations qu'elle avait relevées dans le créneau horaire le plus probable.

À 11 heures, la totalité des véhicules était identifiée. Il fallait maintenant joindre les propriétaires et les entendre.

Espérons que les parents se manifestent avant parce que là, j'en ai pour cinquante ans à entendre tout le monde.

Elle avait noté les véhicules ayant le plus probablement pu transporter des migrants. Tout ce qui ressemblait à une camionnette, un fourgon, un véhicule de grande capacité sans vitre à l'arrière, avait été mis de côté. Ça ne faisait pas beaucoup au final, il n'y en avait que onze.

Elle téléphona à l'unité judiciaire interrégionale et fut mise en communication avec le Capitaine Lebon.

— Tiens, salut Léonie ! J'ai vu que l'affaire de la petite de l'A16 était pour toi, félicitations ma grande.

— Vas-y, moque-toi. C'est juste la misère cette histoire. Les gendarmes n'ont rien foutu et je me colle cent deux véhicules potentiels à identifier, plus les propriétaires. Et les conducteurs s'ils sont différents.

— Justement, la directrice est venue nous trouver hier et elle veut qu'on te donne un coup de main si tu le demandes. T'as besoin de quoi au juste ?

— Ton équipe pourrait-elle se charger d'entendre les propriétaires des véhicules qui se sont engagés sur l'A16 peu avant la découverte de la gamine ? Voir si ce sont bien eux qui conduisaient, prendre les numéros de portable et regarder si le bornage ne te permet pas de définir si l'un d'entre eux ne venait pas de Paris et se serait rendu à Calais ou Dunkerque.

— On est sur la même longueur d'onde ma grande. C'est quasiment sûr qu'il s'agit d'un passeur qui a paumé sa marchandise. Nous aussi on pense que le type venait de Paris ou du 93 et qu'il allait vers le littoral. On va essayer de te faire briller mais ne t'attends pas à des miracles : avec l'attentat d'hier, on est repassé en vigilance noire sur l'échelle vigipirate. La directrice va sûrement nous demander de lâcher des effectifs pour renforcer les frontières et toutes les filatures de migrants fichés S, ça va être pour notre pomme.

— Fais ce que tu peux, moi je vais aller voir du côté de ceux qui ont découvert la môme. Vu les auditions qui tiennent sur un demi PV, les gendarmes sont peut-être passés à côté de quelque chose.

— OK ! Salut ma poule et bon courage.

Effectivement, les migrants qui étaient suspectés d'être des terroristes en puissance devaient être la priorité de l'autorité policière depuis les derniers attentats. Ça n'allait pas arranger ses affaires.

Léonie venait de raccrocher lorsque Combeferre fit irruption dans son bureau.

— Bon, Léonie, vous en êtes où ?

Elle lui expliqua ses recherches mais au bout de trois minutes, il l'interrompit :

— Je ne vous cache pas que les attentats d'hier nous font, une fois de plus, renforcer les contrôles à l'aéroport. Vous allez être la seule du service que je vais laisser travailler sur cette l'affaire à caractère évidemment sensible. Vos collègues du groupe d'à côté sont tous partis renforcer la sécurité dans, et aux abords de l'aéroport. Je vous laisse la semaine. Ne me décevez pas.

— Commissaire, j'ai cent deux personnes à entendre, plus les témoins, mentit-elle, n'ayant pu aller au bout de son exposé et de son coup de fil à ses collègues de Lille. Je fais comment ?

— On voit ça la semaine prochaine ! Et il s'évapora du champ de vison de Léonie, aussi vite qu'il était arrivé.

Elle téléphona à la Sanef et rendez-vous fut pris avec l'homme ayant découvert la petite. Il était présent au centre technique, pas question de le louper.

En moins d'un quart d'heure, elle le rejoignit en voiture. Il l'attendait à la machine à café. Elle lui présenta sa carte professionnelle.

— Bonjour, Je viens vous auditionner sur les conditions de découverte de la petite fille le premier mars dernier. J'ai emmené un ordinateur portable et une imprimante portative pour pouvoir vous entendre sur place et ne pas trop vous gêner dans votre emploi du temps.

Marc fut surpris de voir qu'elle était seule et polie. Rien à voir avec le gendarme qui l'avait entendu.

Il lui raconta toute l'histoire depuis le début. Le procès-verbal d'audition était en train de sortir de l'imprimante quand il aborda le sujet de la petite. Il avait vraiment besoin d'en parler, il n'avait pas dormi de la nuit.

— Vous avez des nouvelles de la petite justement ?

— Non, pas encore, je dois appeler l'hôpital pour voir si elle est sortie.

— On sait ce que c'est comme origine ?

— Elle n'a pas encore parlé je crois. Elle doit venir du Moyen-Orient. Pour le moment, je n'en sais rien à vrai dire.

En sortant du bureau où l'audition avait eu lieu, il lui paya un café à la machine. Elle lui expliqua qu'on lui avait confié l'affaire la veille et que pour l'instant, elle avait surtout passé son temps à tenter de repérer les voitures suspectes aux péages.

Alors qu'il lui racontait qu'il était un ancien militaire et qu'à la fin de son contrat, l'armée l'avait recasé ici même,

Hervé fit son apparition. Il salua son collègue et s'immobilisa face à Léonie.

— Hey, t'as vu un fantôme ? lui demanda Marc.

Léonie éclata de rire.

— Oui je crois que c'est un peu ça. Un vieux fantôme… Ça va bien Hervé ?

— Euh oui, balbutia-t-il, je t'avoue que t'es bien la dernière personne que je m'attendais à croiser ici.

— Vous vous connaissez ? demanda Marc.

— Oh, il y a au moins vingt ans qu'on ne s'est pas croisés, lui répondit-elle

— Dix-huit ans, quarante jours, deux heures et quatre minutes, dit Hervé en détachant chaque syllabe et en regardant sa montre. Il souriait et avait retrouvé un peu d'assurance.

Léonie éclata de nouveau de rire.

— *La Cité de la peur*, non ?

Léonie expliqua enfin à Marc qu'elle avait connu Hervé au lycée. Alors qu'ils en étaient au deuxième café, le chef de centre toussa dans l'encadrement de son bureau.

— Marc, Hervé, je ne veux pas faire le tâtillon mais c'est possible d'aller sur un accrochage au kilomètre 54 sens Province-Paris ? C'est que du matériel et les gendarmes y vont aussi.

— OK chef, on y va.

Sur le chemin, Marc demanda :

— Alors, la fliquette ?

— Rien à dire, mec ! C'était juste une copine à l'époque et je n'étais pas très proche d'elle.

— Ben on n'aurait pas dit sur le coup. Vous avez quand même bien discuté.

— Sur trois minutes, tu peux en dire des choses quand t'as pas vu la personne depuis vingt ans, tu sais.

— C'est pas faux.

La suite du trajet se fit dans le silence, avec en toile de fond Radio Trafic et l'annonce d'un accident de motocyclette au kilomètre quatre-vingt-six en direction d'Amiens.

Hervé venait de perdre son regard dans l'horizon picard et ses bois lointains.

Il était revenu vingt ans en arrière. À l'époque, il avait une nuque longue et une mobylette. Et il roulait des gamelles comme un dieu.

Chapitre VI

4 mars 2019, 14 heures.

Léonie, assise à son bureau, visionnait une interpellation qui s'était mal passée du côté de Paris et qui avait été enregistrée par le téléphone portable d'un badaud. À la vue de ces images et des commentaires délirants qui l'accompagnaient, elle était bien contente de ne plus être sur la voie publique. Ça devenait vraiment n'importe quoi.

Même si son boulot actuel n'était pas des plus passionnants, elle n'aurait rejoint le marasme des banlieues pour rien au monde. Travailler dans ces endroits perdus pour la France n'avait absolument plus rien d'excitant pour n'importe quel flic normalement constitué. Et devoir affronter l'administration, la justice et la vindicte populaire des réseaux sociaux lorsque chacune de vos interventions étaient filmées devenait l'enfer.

Elle quitta ces images qui avaient érigé en héros du jour ces malheureux collègues dont elle ne donnait pas chère de la peau et recula son siège. Lasse, elle se massa les tempes en fermant les yeux.

Pour connaître l'état de santé de l'inconnue de l'autoroute, elle appela l'hôpital. Le chef de l'unité pédiatrique lui indiqua que la petite étant hors de danger, il l'avait remise aux services de l'aide sociale à l'enfance du département le matin même, vers 11 heures.

Pour lui, c'était un miracle qu'elle s'en soit sortie indemne. Par contre, elle était restée muette durant son séjour. Pas un mot.

— Putain ! Je suis directrice d'enquête sur une affaire sensible et je ne suis même pas avisée. Si je n'appelle pas, je suis au courant de que dalle, pesta Léonie en raccrochant le téléphone.

Elle contacta le service d'aide à l'enfance et apprit que la petite sans nom avait été placée à Beauvais au foyer de la rue Gambetta, dans l'attente d'une famille d'accueil.

Le foyer Gambetta étant à cinq minutes de route, Léonie sollicita Fatima, l'interprète attitrée du service en langues arabes. Elle connaissait tous les dialectes arabes et dès qu'un étranger sans papiers disant venir d'Afrique du nord ou du Moyen Orient était pris dans les filets de pêche du commissaire, Fatima arrivait toujours à savoir d'où il venait exactement. C'était le couteau suisse des interprètes du service.

Avec son accent juif-pied-noir, elle décrocha rapidement et lorsque Léonie lui expliqua ce qu'elle voulait, elle lui lança :

— On se rejoint là-bas dans une demi-heure.

À 15 heures, un monospace branlant de toutes parts se gara sur le parking, face au foyer Gambetta. C'était Fatima. On était ici sur les anciens remparts de la ville. Plus précisément, dans le fossé qui faisait face aux anciens remparts de la ville. Ils avaient été rebouchés au XIXe siècle et des bourgeois avaient construit une superbe maison en brique de trois étages. Au fil des ans, et sans descendance, le dernier héritier en avait fait don au département qui l'avait transformé en foyer d'aide à l'enfance.

Endroit où l'intégralité des mineurs en errance étaient regroupés en attendant leur majorité. Ici, pas de deuxième chance, c'était souvent le terminus social pour cette jeunesse.

La justice, la police et tous les services de l'État censés les protéger y mettaient pêle-mêle les enfants victimes de violences parentales, d'abus sexuels, de viols et de tout ce que l'adulte peut réaliser comme saloperies sur des gosses. Ceux-là étaient assez souvent bien mieux dans cette grande maison que chez papa-maman.

Le mélange était en revanche détonnant : des victimes, des auteurs, une vraie poudrière.

Heureusement, une aile était réservée aux très jeunes mineurs. L'air y était plus respirable. C'était l'aile des « pré-ados ».

Léonie embrassa Fatima et elle lui expliqua ce qu'elle attendait d'elle précisément avant d'entrer. Léonie reconnut l'une des éducatrices en arrivant et s'adressa à elle pour qu'elle les conduise jusqu'à la petite nouvelle.

Au premier étage, dans la chambre numéro 112, assise sur un petit lit, se tenait une fillette. Elle était encore vêtue avec le pyjama de l'hôpital.

Elle regardait par la fenêtre, les deux mains posées sur ses genoux, comme absente.

Fatima et Léonie l'observèrent dans l'encadrement de la porte et Fatima, au bout d'un moment, entra dans la chambre. Léonie resta en retrait.

— Bonjour, lui dit Fatima en arabe.

La petite tourna la tête dans leur direction.

Fatima avait les cheveux longs qui lui tombaient jusque dans le bas du dos. De beaux cheveux. Elle portait de grosses boucles d'oreilles en plaqué or. Elle devait ressembler à beaucoup de femmes moyen-orientales.

C'était juste ça. Il fallait simplement une personne qui lui parle dans sa langue et qui ressemble peut-être à n'importe quelle femme de sa famille : une tante ou une grand-mère.

Fatima prit une voix douce, très douce. Elle s'adressa à la petite fille pendant cinq minutes environ. L'enfant décrocha son premier mot. Un mot assez court que Léonie ne comprit évidemment pas. Mais, à partir de là, c'est comme si tout ce qu'elle n'avait pu dire pendant les derniers jours sortait. Elle parla doucement au début puis, peu à peu, son débit s'accéléra. Elle vivait ce qu'elle racontait. Au bout d'un moment, elle commença à faire des gestes de plus en plus grands. Fatima l'écoutait et la regardait sans l'interrompre.

À un moment, elle cria si fort que deux éducatrices, à l'autre bout du couloir, levèrent la tête et regardèrent Léonie qui d'un signe du pouce signifia que tout allait bien.

Que pouvait bien dire cette fillette ?

Fatima demanda à Léonie de rentrer dans la chambre et l'invita à s'asseoir au bord du lit.

— Léonie, je te présente Neïma. Elle aura huit ans dans deux jours et elle vient de Damas, en Syrie. C'est assez confus pour le moment et il faudra que je parle beaucoup avec elle pour bien comprendre mais ce que je peux te dire, c'est qu'elle a traversé la Méditerranée en bateau avec ses parents et son petit frère, Taissyr. Ils sont passés par Paris et ils voulaient aller en Angleterre rejoindre son oncle et sa famille. Ils sont arrivés à Paris par le train, ils ont vu la Tour Eiffel. Ils sont montés dans un grand camion blanc et il y avait un monsieur, gros comme un loukoum, qui l'a enfermée dans une caisse. Elle pleurait beaucoup mais son père lui a dit qu'il fallait être très courageuse pour aller voir tonton. Alors, même si elle avait très peur, elle s'est laissée faire. À un moment, il y eut comme un grand coup de tonnerre et elle a cru qu'elle mourait. Elle a crié très fort, elle pensait qu'elle s'envolait. Elle a eu très peur et la caisse s'est ouverte et un monsieur l'a prise dans ses bras. La suite, tu la connais. Je pense que je vais réussir à lui faire se rappeler de deux ou trois choses mais il ne va pas trop falloir la presser. On va beaucoup parler elle et moi.

— Donc c'est bien une histoire de passeur. Je vais aller donner quelques coups de fil pour prévenir mon patron et le procureur. Tu vas gérer toute seule ?

Rien ne pouvait faire plus plaisir à Fatima que d'être avec cette gamine et de la réconforter.

— Vas-y ma grande et ne t'inquiètes pas pour moi !

Léonie sortit de l'aile du bâtiment pour téléphoner au calme depuis la voiture. Elle fut bousculée par un ado d'environ quinze ans qui venait vraisemblablement de se battre avec un autre. L'éducatrice paraissait complètement dépassée et tentait désespérément de le faire revenir dans le bâtiment.

— Mohamed, tu te rends compte de ce que tu as fait ? Reviens ici tout de suite...

— Sur le Coran de la Mecque, je m'en bats les couilles. T'as vu comment il m'a regardé !

Léonie n'hésita pas une seconde. Elle alla s'enfermer dans sa voiture pour téléphoner. L'équipe des cinq éducatrices de garde n'auraient pas suffi à ramener ce môme à la raison et ce n'est pas son intervention qui allait régler quoi que ce soit. Elle aurait fait quoi d'ailleurs ? Rien de plus que de crier plus fort que lui. Il allait errer dans la ville jusqu'au moment où il ne saurait plus quoi faire. Alors il reviendrait au foyer. Ce n'est pas elle qui changerait la donne. Et puis à vrai dire, la vie de ce Mohamed et celle de tous les autres, elle s'en foutait complètement : celle de cette petite Syrienne était bien plus importante.

Dans la voiture, elle avertit Combeferre, le procureur de Beauvais et ses collègues de Lille.

Elle remonta voir Fatima qui écoutait Neïma parler. Elle n'osa pas l'interrompre et fit simplement signe à l'interprète qu'elle partait.

Elle n'avait pas encore quitté la cour du foyer que Fatima l'appela au téléphone.

— Dis-moi Léonie, Neïma m'a expliqué à propos du gros camion blanc dans lequel sa famille était montée, qu'il y avait des inscriptions en arabe dessus. Elle s'en souvient parce qu'elle apprend à lire et qu'elle a réussi à le déchiffrer. C'est assez confus. Elle n'arrive pas à me décrire le camion mais elle sait qu'il était marqué *Boucherie halal de Calais*. Après, elle me dit que son père était très content de monter dedans. Si j'ai du nouveau je te rappelle mais la gamine parle beaucoup et j'ai du mal à la canaliser.

Un camion blanc avec des inscriptions en arabe.

Un sentiment d'excitation s'empara d'elle : elle tenait enfin sa piste ! Celle que n'importe quel enquêteur flaire quand ça sent bon. Et là, ça sentait très bon.

Il était 16 heures 40. Ça valait le coup de faire un peu de rabiot ce soir.

Elle remonta rapidement à l'aéroport et s'installa derrière son bureau pour visionner les passages aux différents péages. Tout ce qui ressemblait à un camion blanc fut analysé. Les angles de vue des caméras étaient bons et les images assez claires.

Trois heures plus tard, elle n'avait pas avancé. Elle prit ce constat comme un coup de bambou derrière la tête. Elle avait élargi à tous les véhicules blancs qui étaient passés. Aucun ne portait d'inscription en arabe, ni sur les côtés, ni sur les portières... Nulle part. Elle nota les plaques d'immatriculation des camions, camionnettes ou fourgons blancs, au cas où.

Elle s'enfonça dans son siège et regarda l'heure. Il allait être 20 heures et elle avait fait tout ça pour rien. Ses enfants l'attendaient pour aller dormir, son mari aussi. Elle aurait pu être avec eux depuis deux heures et elle avait perdu ce précieux temps ici, pour que dalle. Qu'est ce qui n'allait pas ?

La tranche horaire. Je dois élargir la tranche horaire. Mon camion est passé soit avant, soit après.

Ça serait pour le lendemain. Après l'excitation, un sentiment de lourdeur s'empara d'elle. Elle n'arrivait pas à se lever. Les lumières de la ville scintillaient au loin, de l'autre côté des pistes. Elle les regardait, sans vraiment les voir. Une pluie fine commença à tomber. *Comme par hasard au moment où je vais rentrer en vélo... Journée de merde.*

Chapitre VII

5 mars 2019, 11 heures.

Calais n'était plus qu'à trois kilomètres. Le plateau picard avait fait place au littoral. Marc avait aperçu la mer du côté de Boulogne. Ça l'avait changé de la monotonie du paysage autoroutier. Il roulait depuis un peu plus de deux heures lorsqu'il arriva enfin au but.

Pourquoi avait-il fait ce chemin ? Ça servait à quoi au juste ? Il ne le savait pas trop lui-même. La seule chose qu'il savait, c'est que les yeux de cette fillette étaient grands ouverts en son esprit et qu'il ne pouvait pas les empêcher de le regarder. Qu'est-ce qu'ils attendaient ces yeux ? Qu'est-ce qu'ils lui voulaient ?

Un psychologue lui aurait certainement dit que c'était normal, qu'il s'agissait du contrecoup de la découverte de l'autoroute et que ça allait passer avec le temps. Un psychiatre lui aurait certainement dit que ça allait passer avec des médicaments. Mais il n'avait consulté ni psychiatre, ni psychologue. Personne ne lui en avait parlé d'ailleurs. Déjà que la Sanef ne proposait pas à ses employés d'aller en voir après les accidents mortels sur lesquels, quelquefois, ils intervenaient les premiers, ce n'était pas pour prendre en charge la découverte d'une petite fille sur l'autoroute, enfermée dans une caisse.

Et puis lui, l'ancien militaire, votant volontiers à l'extrême droite, il n'allait quand même pas faire sa tarlouze de base en allant chercher de l'aide chez les personnes soignant les fous.

Non, il allait prendre le problème à la base et il avait décidé d'aller lui-même à Calais pour trouver les parents de la gamine. Il s'était mis ça en tête le jour où il avait compris que la fliquette était seule en charge du dossier. Elle n'avait pas les épaules pour ça, ça se voyait. Il devait l'aider. La seule solution qu'il avait trouvée était d'aller à Calais. Pourquoi Calais ? Au petit déjeuner, il avait regardé sur internet et il avait bien compris que la jungle de Calais était le lieu le plus médiatique mais que des jungles comme ça, il y en avait un peu partout sur la côte. Et puis dès qu'il allumait la télévision et que ça parlait de migrants, les reportages avaient lieu là-bas. Plus il approchait, plus il se disait que c'était une connerie, qu'il ferait mieux de chercher une aiguille dans une botte de foin. Mais il avait tellement envie d'y aller qu'il était resté sur Calais.

Il y arriva vers 11 heures 40. Il s'était dit qu'il mangerait quelque chose avant d'aller sur zone mais il n'avait pas trop faim. Il ne savait pas du tout où aller par contre. Il suivit la direction du port et demanda à une vieille dame qui revenait de faire ses courses où était la jungle.

— Vous n'êtes pas du coin vous !

— Non, je viens de l'Oise.

— Vous voulez faire quoi dans la jungle ? Vous voulez aider les métèques vous aussi ?

— Non, non, je suis journaliste et j'enquête sur les conditions de vie des Calaisiens, mentit Marc, voyant que la dame n'était pas forcément une pro-migrant.

— Alors je vais monter avec vous et vous allez me ramener chez moi, j'habite à côté. Mais je vous préviens, n'essayez pas de me violer ! Je suis capable de me défendre, lâcha-t-elle en sortant une bombe lacrymogène de son cabas.

Marc ne put s'empêcher d'éclater de rire.

— Rassurez-vous Madame, vous ne craignez rien.

— Bon alors allons-y ! En voiture on en a à peine pour cinq minutes.

La vieille s'installa côté passager et elle indiqua la direction à Marc. Elle lui raconta un peu sa vie mais surtout l'enfer que c'était devenu depuis l'arrivée de migrants à Calais.

— Voyez-vous, cette maison, on l'a achetée en 1975 et on a mis trente ans pour la payer, mon mari et moi. Trente années à ne pas partir en vacances tous les ans, ou alors au camping municipal pour faire plaisir aux enfants. J'ai nettoyé des cabinets et j'ai vidé les poubelles dans les usines du coin à 6 heures du matin pendant toute ma vie. Mon mari bossait à l'usine et il est mort en 1999 d'un cancer du poumon alors qu'il ne fumait pas. C'est l'amiante qui l'a tué, comme ils disent. Je vis avec ma pension de huit cents euros par mois et je suis propriétaire de ma maison. Et depuis que ces métèques sont arrivés, je ne peux même pas revendre. Même si je la donnais, personne ne voudrait s'installer là où j'habite.

— C'est si terrible que ça ?

— Y a vraiment que les bien-pensants dans votre genre qui se posent la question. Vous n'êtes jamais venu ici ou quoi ?

— Ben non, c'est la première fois. Je pensais que la jungle avait été démantelée l'année dernière.

— La jungle ? Elle a été démantelée au moins trente fois depuis qu'elle existe. Et elle s'est reformée, toujours reformée. C'est comme un phœnix. D'autant plus que la dernière fois, il l'avait vraiment rasée. Mais elle est toujours là et ces saletés de métèques aussi. Vous êtes de quel journal ?

— Euh, *Libération*...

C'était le premier nom qui était venu à l'esprit de Marc qui se dit, pour le coup, qu'il était décidément un piètre menteur.

— Alors en plus, vous allez me faire passer pour une facho. Je vois bien le titre de votre article : « La mémé nazie ». C'est bien pour ça que vous allez me faire passer, non ?

— Non mais attendez, je n'ai encore rien dit madame, je vous assure que je n'ai aucun a priori.

— Ben j'espère bien mon gars ! Ça ne sera pas la première fois mais à 92 ans, je vais plus me laisser emmerder. Vous pouvez le mettre dans votre poubelle que je n'aime pas ces migrants, que par leur seule présence ils m'empêchent de vendre ma maison, de laisser un petit quelque chose à mes enfants. Le jour où je ne pourrai plus me lever, je ne pourrai même pas aller en maison de retraite. Mais je n'ai pas toujours été comme ça hein !

Elle s'arrêta un instant, comme pour réfléchir et reprendre son souffle.

— J'avais 12 ans en 1939. Mes parents étaient agriculteurs entre Calais et Dunkerque, du côté de Saint-Folquin, un bled pas très loin d'ici, et on en a recueilli des réfugiés, des Belges, des Polonais, des Juifs. On n'a jamais rien refusé à personne. Ce que je peux vous dire, c'est qu'aucun des réfugiés qui sont venus chercher de l'aide à la maison nous ont piqué quoi que ce soit, et souvent même ils nous rendaient service. Ici, j'ai l'impression d'être à Beyrouth quelquefois. Entre les lacrymogènes des CRS et les odeurs de pneus qui brûlent, c'est l'enfer. Tenez, arrêtez-vous là ! J'habite au 12 de la rue. Vous voulez venir boire un café ?

Marc hésita puis accepta l'invitation.

— N'en profitez pas pour me violer non plus, dit-il l'air amusé.

Mémé facho rigola. Ils entrèrent dans une petite maison de brique qui était entourée d'une haute végétation, quasiment au bout d'une rue en impasse.

— Y a personne pour s'occuper de votre extérieur ? osa Marc.

— Inutile de vous dire que mon abri de jardin est vide depuis bien longtemps. Ils m'ont tout volé : les pelles, les bêches, les râteaux. Tout. Je peux même plus faire de potager, ils me piquent les légumes.

— Vous êtes sûre que ce sont eux ?

— Mais bien sûr, je les vois la nuit ou en soirée. Ils ne se gênent pas, mais ce n'est pas moi qui vais sortir leur foutre mon pied au cul. Ils sont là, à quatre ou cinq et ils se servent en me regardant. La police est débordée partout ailleurs. Les flics n'arrivent déjà pas à intervenir lorsque ces cons s'entre-tuent, ils ne vont pas venir pour le vol d'une pelle ou de deux kilos de pommes de terre. Je ne les appelle même plus.

Elle désigna le bout de sa rue à Marc.

— Au bout c'est la mer de...

Elle sembla ne pas avoir terminé sa phrase.

— La mer de quoi ?

— Non, la merde tout court. C'est ça la jungle, le journaliste. Et encore, vu qu'ils l'ont démantelée il n'y a pas longtemps, elle ne s'est pas encore trop développée.

— Ah d'accord. Bon je vais quand même vous avouer un petit truc.

La vieille devint intéressée. Marc lui avoua qu'il n'était pas journaliste et lui raconta l'histoire de la petite.

Mémé facho sourit.

— Eh ben, celle-là, vous n'avez pas pu l'inventer. Mais au final, vous êtes venu de Beauvais pour retrouver les parents de cette gamine ? Comment vous pouvez savoir qu'ils sont à Calais ? Des camps de migrants, il y en a partout sur la côte.

Marc vida son sac devant cette inconnue. Les yeux de la gamine, ses nuits blanches, son sentiment d'impuissance. Tout.

— Ben vous êtes vraiment un drôle de zig mon gars. Je vous souhaite bien de la chance parce que là, si vous mettez la main sur les parents, il y aura de la noblesse dans le geste mais aussi un sacré coup de pot.

Ils terminèrent cette rencontre sur des banalités et Marc sortit pour se rendre au bout de la rue. À peine dehors, il croisa deux hommes habillés de guenilles. Il ne connaissait pas leur nationalité mais il tenta directement sa chance.

— Bonjour, vous parlez français ? *Do you speak english ?*

Les deux types le regardèrent ahuris, se regardèrent ahuris, et s'en allèrent sans chercher à comprendre.

Marc resta déstabilisé par leurs réactions puis repartit en direction de la jungle. La rue montait légèrement et il ne vit qu'au dernier moment ce que la vieille avait voulu dire. Le haut des tentes, puis des tentes entières, et enfin la population autour des tentes. C'était ça, un camp de réfugiés. Un amas de toile de tentes, plus ou moins grandes, des centaines de mètres d'allées qui s'entrecroisaient. Mais ce n'étaient pas des tentes que l'on trouve dans les rayons des magasins de sport. C'étaient des toiles, des morceaux de tissu troués, certainement trouvés dans les poubelles, crasseux à souhait.

Le premier truc qu'il vit, c'était une famille en train de faire cuire un morceau de viande au-dessus de ce qui ressemblait à des palettes mêlées à des morceaux de pneus en train de brûler. Ils devaient être six autour de ce festin.

Il y avait deux enfants d'environ dix ans. Et puis derrière, combien de tentes comme ça ? Des centaines, un millier peut-être. Il ne voyait pas vraiment la limite. Il ne la chercha pas non plus. Il marcha un peu sans savoir vraiment où aller mais au bout d'un moment, il s'aperçut que beaucoup de regards convergeaient vers lui.

Le seul blanc du coin, c'était lui. Il avait les cheveux courts, une bonne tête de militaire, il avait mis un jean et son blouson habituel mais rien qu'avec ça, il voyait bien qu'il était bien mieux fringué que tout le monde ici. Il commença à avoir des doutes quand il entendit des cris derrière lui. Il se retourna et vit un groupe de noirs qui le regardaient et qui criaient des propos qu'il ne comprenait pas dans sa direction. Il commença à avoir peur lorsqu'une pierre s'écrasa et roula à sa gauche. Quand la seconde pierre vint le toucher à l'omoplate, il comprit qu'il avait commis une grosse erreur en mettant les pieds ici. Il était seul, il était blanc, il avait des fringues qu'il n'avait pas trouvé dans une benne à ordures. L'étranger, c'était lui. Et à Calais, on n'aimait pas les étrangers.

Il voulut faire demi-tour mais ses agresseurs s'étaient rapprochés et il n'était plus question qu'il reparte d'où il venait. Alors il courut vers sa droite, à l'opposé de la rue de mémé facho. Il traversa quelques allées et arriva au pied du mur d'une propriété, hérissé de tessons de bouteilles et de barbelés. Derrière, sa fuite avait signé ses aveux et ils étaient plusieurs à ses trousses. Ils lui voulaient quoi au juste ?

Ce n'était pas important. Il fallait qu'il se barre rapidement de ce camp. Il reprit sa course en tentant de contourner le mur d'enceinte de la propriété mais celle d'à côté était la même. Et merde, il allait faire comment ? Il y avait de la marge entre lui et ses poursuivants mais sa capacité à courir longtemps n'avait pas été testée depuis l'armée. C'est-à-dire un peu plus de onze ans. Donc normalement, il n'allait pas tarder à avoir du mal à cavaler. Il suivit le chemin qui bordait les propriétés à l'arrière. Un peu plus loin, les cris du camp l'avaient devancé car des têtes commençaient à sortir d'entre les tentes et à regarder dans sa direction.

Il sentait ses jambes répondre moins bien à la cadence qu'il voulait leur donner et, surtout, ses poumons qui commençaient à brûler. Il sut assez rapidement que ses limites physiques venaient d'être franchies. Tous ces footings qu'il s'était toujours refusé à faire parce qu'il faisait trop froid, trop chaud ou qu'il avait mal à la tête, il les voyait presque. Il pouvait contempler sa fainéantise. Et là, en plus de cette douleur physique qui débutait, il commença à avoir peur. Pour l'une des premières fois de sa vie, il eut peur pour sa vie justement. Ils allaient faire quoi les blacks qui étaient toujours à son cul et qui venaient de lui jeter des pierres. Le tuer ? Le défoncer à coup de bâtons ?

Il trouva à sa droite un chemin qui remontait vers la ville. Il l'emprunta en priant pour que ses poursuivants ne franchissent pas cette frontière. De toute façon, s'ils continuaient à le poursuivre, il serait obligé de s'arrêter. Deux morceaux de bois à la place des jambes, un goût de sang dans la bouche et une furieuse envie de vomir, pas de doute à avoir, il était cuit. Cinquante mètres plus loin, il se plia à l'arrière d'une Mégane noire stationnée là. Il s'assit derrière en se demandant à quel moment ses poursuivants allaient lui tomber dessus. Ils n'arrivèrent jamais. Il mit au moins un quart d'heure à récupérer ses esprits. Au bout de ce quart d'heure, une jeune femme survint et lui demanda ce qu'il faisait là.

— Je me repose, je viens de faire mon footing.

— Non parce que je vais démarrer et je n'aimerais pas vous écraser en faisant marche arrière.

— C'est bon, je m'en vais. Vous habitez dans le coin ?

— Non, non. Je fais partie d'une association et je viens de terminer ma permanence. Et vous ?

— Je suis de Beauvais, je viens au sujet de l'affaire de la gamine qui a été retrouvée sur l'autoroute.

— Ah, vous êtes de la police ?

— Non non, c'est moi qui ai récupéré la gamine et j'aimerais retrouver ses parents.

La jeune fille avait l'air enchantée d'entendre ça.

— Quand je pense que la police s'est contentée de mettre des affiches un peu partout et de nous avertir nous, les associations. Ils n'ont envoyé personne sur place pour leur enquête.

Marc lui expliqua qu'il avait rencontré la seule personne en charge de cette affaire et les difficultés à mettre plusieurs enquêteurs dessus.

— Ils sont capables de foutre dix compagnies de CRS pour expulser les clandestins mais pour une gamine à la recherche de ses parents, ils ne mettent personne hein ! Quelle bande de guignols. Enfin, pour l'instant, ses parents ne sont pas encore arrivés à Calais, ça c'est sûr. On le saurait.

— Comment je pourrais faire d'après vous ?

— Si vous voulez être utile, venez avec moi et je vous emmène au camp de Sangatte. Ce n'est pas loin et une opération de Police est programmée cet après-midi. Faut du monde pour empêcher les condés d'embarquer les migrants. Vous ne retrouverez peut-être pas les parents de la gamine mais au moins, vous servirez l'Humanité. Celle avec un grand H. Par contre, je vous préviens, risque d'y avoir de la casse. Des coups de matraques avec au pire, une nuit au poste.

— Vous êtes prête à prendre tous ces risques pour eux ?

— Mais si je ne le fais pas, monsieur, qui le fera ? Ces gens-là ont pris des risques que vous ne seriez certainement pas prêt à prendre. Ils ont traversé les mers sur des coquilles de noix, ils sont détestés partout où ils vont, et ils ne vont nulle part en plus. Quatre-vingt-quinze pour cent d'entre eux n'arriveront jamais en Angleterre. Et avec eux, il y a des enfants. Vous imaginez un peu la situation ou ça vous en touche une sans faire bouger l'autre ?

Elle reprit finalement :

— Alors, vous venez ?

Marc réfléchit quelques secondes.

Il était venu ici rempli de bonnes intentions. Mais sa rencontre avec ces hommes qui l'auraient sûrement massacré s'il n'avait trouvé son salut dans la fuite, ne l'incitait pas à aller jouer contre les matraques des CRS. Il refusa poliment l'invitation.

— Courageux mais pas téméraire, lui asséna la jeune fille.

Et elle démarra sa Mégane avant de s'éloigner rapidement vers Sangatte.

Marc commençait à avoir faim. Il marcha en direction de la rue où sa voiture était garée. Finalement, il avait l'impression d'avoir couru un marathon mais il avait à peine fait trois cents mètres à vol d'oiseau.

Alors qu'il allait démarrer, mémé facho sortit de chez elle. Elle s'avança vers lui. Marc lui raconta sa course dans le camp.

— J'ai oublié de vous dire. Depuis quelques semaines, les habitants du coin organisent des rondes la nuit, aux abords du camp. Ça bastonne sec et avec vos cheveux courts, ils ont dû vous prendre pour un skinhead ou un truc comme ça. Mais pour le coup, je suis contre les rondes patriotiques, comme ils les appellent. Ça me rappelle les tristes souvenirs d'une époque nauséabonde. Vous voyez, il y a encore du bon en moi. Tenez, je suis venue pour ça. Prenez-la avec vous, histoire de ne pas croire des choses pas vraies sur moi.

Elle lui tendit une photo. Y était représenté un groupe de huit jeunes gens. C'était il y a longtemps.

— C'est l'un des groupes que mes parents ont accueilli à la ferme durant la guerre.

— Mais je ne vous juge pas, répondit Marc, assez gêné.

— Ce n'est pas ça mais moi, si j'avais trente ans de moins, c'est ça que j'aurais fait aussi : aider cette gamine.

Elle repartit sans rien dire.

Marc regarda la photo en noir et blanc. Ces gens d'une autre époque, d'une autre vie. Des robes à fleurs et des chemises blanches. Le tas de foin sur lequel ils étaient tous assis. Ils se tenaient par la taille. Ils souriaient.

Les gyrophares d'une colonne de CRS le sortirent de sa rêverie. Étaient-ils en route pour Sangatte ?

Il ne réfléchit pas. Il enquilla la première et repris l'A16 en direction de Beauvais.

Il n'avait plus faim, il était fatigué. Très fatigué même.

Chapitre VIII

5 mars 2019, 11 heures.

Dans son lit ce matin-là, au moment où la journée n'a pas vraiment commencé, où la chaleur attire à elle les corps les plus lourds, Léonie eut une idée. Une idée qui allait peut-être lui faire gagner du temps. Elle y avait pensé une bonne partie de la soirée et ce n'est qu'au matin que ça lui était venu, comme ça, sans rien demander à son cerveau. Telle une bulle qui remonte tranquillement à la surface d'une eau paisible.

Comme tous les jours, elle prit son petit-déjeuner avec son mari et les enfants. Elle emmena ces derniers à l'école et enfourcha son vélo pour aller au boulot. Comme chaque matin, elle salua poliment les collègues qu'elle croisait dans les couloirs, se fit reluquer le cul par les deux gros boulets du rez-de-chaussée, prit un café, puis finit par se perdre dans l'immensité de son bureau.

Elle rédigea une réquisition et se rendit au centre technique de la Sanef.

Là, elle fut mise en relation avec le chef de centre. Aucune allusion ne fut faite à leurs précédentes rencontres, à cette tentative de drague ou de compliment sabordé (elle n'aurait pas su dire à quoi cela pouvait ressembler). Elle lui exposa son idée par une question.

— Existe-t-il un logiciel de traitement automatique des infractions sur les barrières de péage ? Un truc conçu pour les petits malins qui se collent à d'autres véhicules pour passer gratuitement ou pour d'autres stratagèmes un peu plus élaborés ?

— Tout à fait, les péages sont équipés aujourd'hui de caméras assez perfectionnées qui prennent un cliché de tous les véhicules qui payent le droit de circuler sur l'autoroute. Chaque image est reliée à un ticket et de cette façon, on est capable de savoir si le véhicule A s'est bien rendu à son point B en payant avec le ticket du point A. Vous comprenez ?

— Plus ou moins oui…

— Je vais vous donner un exemple. Alors, imaginez que demain vous fassiez le trajet régulier entre Amiens et Beauvais. Vu que vous le faites tous les jours, ça vous revient à environ dix euros par jour. Et vous trouvez que c'est trop cher. Vous allez donc frauder. Le matin, vous allez prendre un premier billet à Beauvais-Sud et sortir à Amiens-Sud. Le soir, pour le retour, vous allez à Amiens-Nord et sortez à Beauvais-Nord. Ça vous a coûté environ dix euros, vous me suivez ?

— Là ça va.

— Eh bien le lendemain, vous repartez de Beauvais-Sud et lorsque vous allez arriver à Amiens-Sud, vous présentez le ticket de Amiens-Nord de la veille. Vous allez payer la différence entre Amiens-Nord et Sud qui n'est que de deux euros. Vous faites la même chose ensuite lorsque vous revenez sur Beauvais le soir et ainsi de suite. Vous comprenez ?

— Oui, oui, je crois. Mais les tickets sont avalés par la machine lorsqu'on paye, non ?

— Oui, mais si sur le premier passage, vous vous amusez à faire marche arrière et à aller sur la borne d'à côté, vous avez deux tickets pour un même passage. Et là vous jonglez avec vos tickets pour vos allers-retours. C'est pour ça qu'on a mis au point ce système automatisé. Avant, ça passait parce que la machine ne percevait pas les décalages importants qu'il y avait dans les heures de passage. Aujourd'hui, une photo est prise lorsqu'un ticket est émis, et lorsqu'un ticket est payé. Pas de contestation possible. Le système compare l'immatriculation, le temps passé et s'il y a un problème, on est alerté et souvent une plainte est déposée.

— D'accord. Donc là techniquement, si je vous donne une liste d'immatriculations qui sont toutes passées aux différents péages avant le kilomètre soixante-quatorze, vous pouvez me dire où les voitures sont sorties ?

— Oui… Mais il va me falloir quelque chose, dit le chef de centre en plaçant son regard dans celui de Léonie.

— Quoi donc ?

— Une réquisition, répondit-il l'air goguenard.

Un point pour lui, pensa-t-elle si fort que son interlocuteur sembla l'avoir compris en souriant.

Elle lui tendit la réquisition qu'elle avait préparée.

— Par contre, ne vous attendez pas à un résultat immédiat. Il va falloir analyser tout ça tranquillement.

— D'accord. Au fait, elle finit où l'A16 ?

— En Belgique, après Dunkerque, lorsqu'elle quitte le territoire français, elle est baptisée l'E40. C'est la route idéale pour qui veut aller de Paris à Dunkerque ou Calais par autoroute.

Le chef de centre lui demanda si elle était pressée et elle lui répondit par l'affirmative.

— Alors si vous voulez, vous allez me donner un coup de main parce que c'est moi qui vais m'occuper de votre histoire.

Ils s'installèrent derrière une barrière d'écrans. La même pièce où Léonie avait passé une grande partie de sa journée, l'avant-veille. Sauf que là, le type à côté d'elle sentait la sueur : toujours sympa à 11 heures et demie du matin.

Et bon appétit bien sûr, sourit-elle.

Elle resta, durant cette éprouvante journée, enfermée dans une pièce minuscule, assise à côté de ce type qui sentait fort la transpiration, et vit ses dernières certitudes brisées par les images.

Aucun véhicule entré sur l'A16 entre le début d'autoroute et l'entrée Beauvais-Nord ne sortit plus loin qu'Abbeville. Bien loin de Calais. Et encore, ces véhicules-là n'étaient pas blancs, n'étaient pas des fourgons et ne comportaient pas d'inscription en arabe. Les créneaux horaires avaient été élargis au maximum, et les élargir plus revenait à supposer que le conducteur avait roulé à vingt-cinq à l'heure sur autoroute. Autant dire que c'était impossible. Les informations seraient transmises à l'unité de Lille mais de ce côté-là, c'était mort, Léonie le savait. Rien ne collait.

À 17 heures passées, après avoir mangé un autre sandwich triangle poulet-crudités et une barre chocolatée, elle ressentit une nouvelle fois une grande fatigue morale qui lui valut un café offert à la machine par le chef de centre.

— Mais putain, c'est quoi cet extraterrestre ? tempêta-t-elle.

— Effectivement, c'est compliqué votre histoire.

— Sauf si la gamine a mal vu ou mal décrit le véhicule dans lequel elle est montée, je ne vois pas comment le type a fait pour ne pas qu'on le remarque. Et ne me dites pas que c'est peut-être un fantôme, je n'y crois pas.

Le chef de centre, un certain Christophe (il lui avait glissé durant la journée), sembla réfléchir ; longtemps. Léonie le regardait attentivement, pensant au début qu'il allait s'endormir debout. Il prit, au bout de deux minutes qui en parurent dix, une voix lente et articula, comme un élève studieux qui veut bien se faire comprendre.

— Il existe, techniquement, une autre façon de prendre l'autoroute.

Léonie était suspendue à ses lèvres et il le remarqua.

— Les accès de service...

Léonie resta silencieuse, attendant la suite.

— Disons que si vous passez par les sorties réservées aux véhicules Sanef et aux services d'urgence, vous ne payez pas la redevance autoroutière.

— De quoi parlez-vous là ?

— Des sorties qui se trouvent souvent à côté des ponts qui enjambent l'autoroute. Elles sont protégées par des barrières. Ce sont ça, les accès de service. Si vous ne passez que par ces sorties, vous ne payez pas l'autoroute...

— ... et vous n'êtes pas pris pas les caméras des péages non plus, enchaîna-t-elle.

Christophe sourit et fixa Léonie. Qu'imaginait-il à ce moment très précis ? Personne ne le savait. Les pensées de Léonie furent tout de suite absorbées pas cette intéressante remarque. Très intéressante même.

— Bon je vous dis ça, c'est de la théorie parce qu'en pratique, c'est juste impossible.

— Et pourquoi donc ?

— Parce qu'il faut un pass pour ouvrir les cadenas des barrières et que ces clefs sont très bien gardées. On ne peut pas s'en servir comme ça. C'est extrêmement réglementé.

— Qui possède ces clefs ?

— La Sanef en a un jeu, les gendarmes du peloton d'autoroute un second. À ma connaissance, c'est tout. Et avant que vous ne me posiez la question, à la Sanef, la clef est dans un coffre sous protection vidéo. Quand on la sort, tout est filmé. Si la clef sort sans que ce soit marqué sur un registre, c'est filmé. Vous voulez voir ?

— Oui, du coup, je veux bien.

Christophe l'emmena dans une pièce où une boite en verre très épais contenait une clef pendue à une sorte de clou. À côté était posé un registre tout simple.

À la date du premier mars, il n'y avait rien. La clef avait été prise le lendemain pour un accident qui nécessitait l'intervention d'un dépanneur. Avant ça, il fallait remonter du côté du 25 février pour la voir sortie.

Christophe cala le logiciel de lecture des vidéos en y mettant la date du 25 février. Lorsque la clef fut prise, il accéléra jusqu'au 2 mars en vitesse rapide. Quarante minutes plus tard, Léonie fut bien obligée de constater que la clef n'avait pas bougé.

— C'est possible d'en faire un double ?

— Non, ce sont des clefs qui coûtent extrêmement cher et qu'on ne peut pas faire dupliquer. Il y a deux jeux et c'est tout.

Alors, faut chercher du côté des gendarmes, pensa Léonie avant de remercier Christophe pour enfin repartir chez elle.

C'est le moment qu'il choisit pour lui demander si elle accepterait de le revoir autour d'un verre.

Quelle question de merde mon gars, se dit-elle. *Celle-là, j'aurais bien parié cent balles dessus.*

Le moment était toujours gênant, au moins autant que la réponse qui devait être négative mais pas blessante. Elle bredouilla quelque chose pour lui signifier qu'il ne valait mieux pas et prit la route du retour.

Elle pensa à ce chef de centre qui sentait fortement la sueur. C'était quoi sa vie ? Un mec marié qui saute - ou qui tente de sauter tout ce qui bouge – ou un vrai pauvre gars qui se noie dans sa vie ?

Rapidement, une autre pensée vint la submerger. Les accès de service.

Elle n'y avait pas songé du tout. Et puis, là-devant elle, il y avait un pont. Elle n'hésita pas.

Elle s'arrêta et gara la Clio face aux grilles. Elles étaient là, hautes de deux mètres cinquante, prenant tout l'espace de la chaussée. Une grille verte barrait l'accès de la gratuité au réseau extérieur. Elle s'approcha du cadenas et l'observa. Au fond, qu'est ce qui différenciait ce cadenas d'un autre cadenas. Elle n'y connaissait rien. Le chef de centre lui avait dit qu'il s'agissait de clefs qu'on ne pouvait pas reproduire. Mais les cadenas, on pouvait les changer, non ?

Sauf que si on changeait les cadenas, on était obligé de changer les clefs. Ni les services de secours, ni la Sanef n'auraient pu ouvrir les grilles et ça se serait vu depuis le temps. Donc on en revenait aux clefs.

Elle observa pensivement cette grille, là, toute seule sur le bord de cette autoroute où passaient de rares voitures. Il faisait nuit depuis une heure déjà.

Imagine, Léonie, que tu veuilles aller à Calais depuis Paris en évitant les contrôles… T'as déjà vu un contrôle routier sur l'autoroute ? Non. Les seuls contrôles qui existent, ce sont ceux aux péages… Alors si t'es chargé d'une certaine marchandise, que tu veux aller à Calais en évitant les contrôles, par où tu passes ? Ben par l'autoroute parce que c'est la seule voie où il n'y a pas d'équipes de police qui arrêtent les voitures et t'évites les péages, lieux où sont forcément ces équipes qui veulent te contrôler…

C'était ça l'idée. Et elle le savait mieux que personne puisque l'unité de voie publique de son service contrôlait régulièrement les péages d'autoroutes pour ramener des sans-papiers. Les gars de cette unité n'allaient jamais pêcher sur l'autoroute, c'était beaucoup trop risqué. Ils restaient sur les bords. Aucune force de police d'ailleurs ne contrôlait sur l'autoroute. C'était donc par un accès de service que la gamine et son pilote étaient passés. Elle en était certaine.

Restait maintenant à comprendre comment les barrières avaient été ouvertes.

Chapitre IX

6 mars 2019, 8 heures 30.

Déjà trois heures que Marc et Hervé patrouillaient. Ils n'avaient pas été appelés par le central et il ne se passait rien sur l'autoroute. Ils venaient de faire pour la deuxième fois le trajet Amiens-Beauvais jusqu'aux frontières de l'Oise et la circulation était toujours aussi fluide. Marc était heureux de n'être appelé sur aucune intervention, il avait la tête à Calais. Que s'était-il passé hier au juste ? Pourquoi, au dernier moment, avait-il décidé de suivre les CRS pour aller à Sangatte, voir le spectacle du démantèlement d'un camp de migrants ?

Il n'en avait aucune idée mais il savait maintenant qu'il aurait mieux fait de repartir à Beauvais.

Il avait vu des CRS, équipés comme s'ils partaient à la guerre, qui faisaient mettre les mains sur la tête à des dizaines de familles. Des femmes, des gamins, des hommes aussi, forcément. Ces gens-là étaient presque vêtus de haillons, ils n'avaient pas l'air bien méchant. Les bénévoles des associations avaient fait de la résistance. La nana qu'il avait rencontrée à la sortie du camp était là. Elle s'était attachée au pied d'un CRS pour qu'il ne puisse pas embarquer les deux hommes devant lui. Elle s'était pris un joli coup de matraque en pleine face et pissait le sang. Du coup, elle était devenue hystérique, elle hurlait encore plus fort et ça faisait encore plus peur aux mômes qui étaient embarqués. Marc avait compris qu'ils allaient être placés dans un centre de rétention pendant trois mois et qu'au bout de trois mois, comme la plupart venaient de pays en guerre et qu'ils n'étaient pas expulsables, ils seraient envoyés aux quatre coins de la France. Coins qu'ils quitteraient au bout d'un mois, pour revenir à Calais tels des papillons de nuit attirés par la lumière.

Ce n'est pas qu'il avait été impressionné par la pseudo-violence de l'opération parce qu'au final, c'était surtout l'autre hystérique de l'association qui s'en était pris le plus dans la tronche et ça n'avait pas dû lui faire trop de mal. Mais tout ça, ça avait servi à quoi ?

Il était toujours convaincu que les migrants n'étaient pas une chance pour la France comme on le rabâchait toujours à la télévision. Il n'en voulait pas et il l'avait souvent fait savoir à travers ses votes. Mais il ne voulait pas non plus forcément que ces familles, mal nées, vivent ce calvaire *ad vitam æternam*. Lui, il voulait un peu de bien pour tout le monde à la base.

Quand, sur la route du retour, il avait compris qu'il avait les mêmes émotions et les mêmes pensées qu'un môme de dix ans, qu'il ne pouvait fichtrement rien faire à la situation, qu'il ne la comprenait certainement pas et que personne ne pouvait la comprendre comme il se devait, que cette gamine ne méritait pas ce qui lui arrivait, il fut obligé de s'arrêter sur une aire pour reprendre un peu de maîtrise. Il était en train de flipper grave et ses pensées s'emmêlaient. Lui, l'ancien militaire, il commençait à angoisser et il avait peur de s'être trompé. Tant de fois.

*

En badgeant pour ouvrir la porte du service, Léonie tomba sur Combeferre. Il avait l'air encore plus malade que d'habitude : le teint blafard, les yeux noirs et perçants qui étaient entourés de gros cernes. Une bonne tête de cadavre en somme.

— Ah, Léonie ! Vous pouvez venir deux minutes ? Je parlais de vous à Maryse.

— Vous lui disiez du bien j'espère !

Maryse était l'unique secrétaire du service. Les soixante ans étaient dépassés depuis quelque temps et pour en paraître quinze de moins, elle se peinturait de plus en plus le visage.

Elle se définissait comme « secrétaire particulière de monsieur le directeur » et avait, quasiment toute sa vie, couru après le grade le plus élevé des secrétaires administratives. Lorsque qu'elle était arrivée, elle avait osé dire à Léonie que le grade qu'elle avait aujourd'hui, combiné à ses fonctions auprès du patron, faisait d'elle une sorte de commissaire dans le grade des administratifs. Après s'être renseignée, Léonie avait compris que Maryse prenait ses rêves pour des réalités mais n'avait jamais abordé le sujet.

Sa vie, privée et sexuelle, s'était depuis longtemps échouée au large du grand large. Mariée trois fois, la première à un officier, la deuxième à un notaire et la troisième à un commissaire, elle avait côtoyé le gratin et avait dû, à cette occasion, imaginer elle-même en faire partie.

Hélas, les trois fois, le mariage n'avait pas tenu plus de quatre ans. Elle avait toujours côtoyé les grands de province mais eux, l'avaient écartée assez rapidement, s'apercevant sans doute de son infinie tristesse cérébrale, bien cachée sous l'énorme paire de nibards qu'elle exposait fièrement. Depuis cinq ans, elle se tapait un brigadier-chef du service : le chef de l'unité de voie publique. Antoine de son prénom, petit-gros sans consistance qui l'avait demandée en mariage peu de temps après la torride première nuit passée ensemble. Cette première nuit avait consisté en une position du missionnaire tenue moins de quatre minutes pas son fougueux amant. Vingt ans plus tôt, elle aurait ri de cette piètre performance. Dix ans plus tôt, elle aurait refusé la demande en mariage mais aujourd'hui, avait-elle vraiment le choix ? Triste fin de carrière sentimentale qu'elle essayait de relancer en devenant la muse du patron. Elle y réussissait très bien puisque le commissaire la tenait en haute estime. Chaque décision à prendre passait obligatoirement par Maryse, son éminence rousse. Il se disait, dans le service, qu'elle prodiguait à Combeferre une prise en bouche après chaque repas, un pousse-café. Les mauvaises langues du service (dont Léonie faisait partie, bien évidemment) assuraient plutôt que Maryse n'ayant pas de fil dentaire, avait besoin de retirer les petites saletés entre ses dents avec l'outil du patron.

Elle s'occupait de tout dans le service et surtout de ce qui ne la regardait pas. Elle n'était que secrétaire, mais se rêvait général d'infanterie.

— Maryse me disait que la téléphonie devrait vous faire avancer l'enquête à grands pas, non ?

— La téléphonie ?

Léonie commençait à voir venir le truc. Maryse avait dû regarder *Les Experts* en *replay* la veille au soir et là, sur une illumination, elle sortait une idée de génie à son patron chéri qui n'avait même pas la peine de réfléchir à la démarche.

Maryse, avec sa bonne tête de Barbie vieillarde, prit la parole en s'éclaircissant la voix :

— Je pense que si on compare l'ensemble des numéros de téléphone des personnes qui sont passées au péage de

Beauvais et qu'on exploite la téléphonie pour voir ceux qui bornent encore sur la côte du côté de Calais, on pourrait éviter à Léonie de faire fausse route.

— Qui t'a dit que je faisais fausse route Maryse ? demanda Léonie sur un ton sec.

Maryse regarda Combeferre comme pour lui dire : *Avez-vous vu comment elle me parle cette morue ?*

— Non, c'est pour t'aider et que tu réussisses un peu plus vite dans cette enquête, c'est tout.

Combeferre devait être en train de réfléchir à la totale improbabilité de cette recherche sur les téléphones. Bien que retiré du terrain depuis fort longtemps, il devait lui rester quelques neurones qui était en train de lui crier : *Fais gaffe, ta secrétaire s'emballe et va commencer à raconter de la merde !*

Léonie le comprit rapidement et ça commençait à l'amuser. Elle ne dit rien et resta silencieuse. Ça ne loupait jamais. Quand le patron était emmerdé et qu'il y avait silence, il disait « Faudra qu'on voie ça ».

Et il dit :

— Faudra qu'on voie ça !

Il entra dans son bureau suivi de son chien à vieux seins et à deux pattes.

Léonie entra elle aussi dans le sien. Il fallait qu'elle s'assure dès aujourd'hui de cette histoire de clefs et d'accès de service.

Elle appela le peloton d'autoroute et fut mise en relation avec le responsable, l'adjudant-chef Coron. Le ton qu'il employa durant toute la conversation fut celui d'un type qui s'en branlait et qui, surtout, surtout, ne voulait pas donner d'information à la maison d'en face. Un chef à l'ancienne, un gendarme qui croyait encore à la guerre entre la police et la gendarmerie. Bref, un type qui n'avait pas du tout envie de l'aider. Il lui demanda de voir avec sa hiérarchie, au groupement à Beauvais.

Elle savait d'avance ce que le groupement allait lui répondre.

Pourquoi rien n'est simple ? se demanda-t-elle. *Pourquoi, alors qu'on est dans le même bateau, y a des types qui s'ingénient à vous faire chier jusqu'au bout ?*

Mais comme elle n'avait pas envie de gaspiller son énergie à rien, elle passa à la suite.

Elle ne connaissait personne en particulier au peloton d'autoroute de Beauvais mais elle avait des amis gendarmes qui étaient un peu plus conciliants. Elle appela un ancien pote de fac qui était devenu gendarme, quelque part sur l'Est du département. Il lui donna une heure avant d'avoir une réponse plus précise.

Elle se leva et se fit un thé. Elle mit la procédure à jour et appela Fatima pour savoir comment ça se passait avec Neïma. La traductrice, visiblement, passait son temps avec elle. Elles avaient beaucoup parlé toutes les deux et la petite sentait en elle une sorte de bouée de sauvetage. Léonie se demanda à quel point Fatima s'était attachée à la petite.

— Tu sais Léonie, elle voudrait vraiment voir ses parents.

— Moi aussi Fatima, j'aimerais vraiment les voir… Bon ne me raconte pas tout par téléphone, va falloir qu'on se voie de toute façon pour que j'écrive sur procès-verbal ce qu'elle t'a dit. Je te rappelle.

Léonie avait un peu balancé le téléphone fixe car son portable était en train de sonner et la photo de son pote gendarme s'affichait sur l'écran.

— Oui Julien.

— Léonie, je te confirme que l'adjudant-chef Coron est un gros con. Voilà, c'est tout !

— Tu rigoles ?

— Non. Je l'ai eu au téléphone et il considère la police comme une sorte de ramassis d'incapables. J'ai aussi eu son adjoint qui est nettement plus sympa. Bon, il m'a confirmé que la clef des accès de service était unique en son genre et qu'on ne pouvait pas en faire de double. Son utilisation est régie par une inscription sur un registre qui est sous l'autorité du chef de poste. Le collègue a regardé et elle n'est pas sortie de la brigade entre le 27 février et le 2 mars 2019. Je t'envoie une copie du registre si tu veux.

— Oui, je veux bien, ton collègue est rudement sympa dis donc.

— Il a compris notre intérêt commun depuis longtemps, lui. Je lui ai quand même demandé si l'un des gendarmes pouvait prendre cette clef sans que personne ne s'en aperçoive, la remettre et faire sa vie sur les accès de service. Ce n'est pas possible, car elle est prise en compte toutes les trois heures à chaque relève par le nouveau chef de poste. Vu que c'est une clef qui coûte près de trois mille euros, la gendarmerie y veille comme sur un trésor. Pour faire court, il ne croit pas trop à ce qu'un gendarme s'amuse à utiliser cette clef de cette façon. En gros cherche ailleurs, du côté de la Sanef par exemple. Il m'a aussi donné l'adresse d'un ancien du peloton qui est resté vingt-cinq ans là-bas. Il habitait à Beauvais et il a fait toute sa carrière dans le coin je crois. Je te la transmets par texto. Il pourra t'expliquer comment fonctionne l'autoroute depuis vingt-cinq ans. Il y était à sa création et n'en est parti que pour prendre sa retraite. Ça marche ?

— Ça marche. Merci Julien.

— De rien ma grande...

Ils en profitèrent tous deux pour parler de leurs vies encore quelques minutes puis raccrochèrent.

Léonie posa une fois de plus son regard sur la ville que son bureau surplombait.

Ce n'était pas du côté de la Sanef, c'était sûr. Du côté des gendarmes, ça paraissait bien verrouillé aussi. Ça laissait quoi comme autre hypothèse ?

Chapitre X

6 mars 2019, 14 heures.

Léonie avait appelé l'ancien gendarme. Le type s'appelait Daniel Martin. Il lui avait paru assez gentil au téléphone et avait accepté qu'elle passe pour lui parler de son enquête autour d'un café. Elle devait se rendre dans le quartier de Notre-Dame du Thil à Beauvais. *La grande peste de 1626 s'est propagée dans ce village,* se souvint Léonie.

Encore quelques bâtiments dans la rue pouvaient rappeler à un œil avisé qu'il s'agissait d'un ancien village tranquille rattaché à la ville préfecture de l'Oise après la Seconde Guerre mondiale. Ancien petit village où l'on pouvait toujours deviner des fermes plus ou moins grandes, héritage d'une époque agricole aujourd'hui révolue.

La maison était au bout d'un sentier piéton, loin de la route. Le sentier continuait en montant à travers un bois qui débouchait sur un plateau. Léonie essaya de revivre, le temps d'un instant, ce temps où les villageois allaient cultiver à travers le bois quelques lopins de terre sur ce plateau. Un plateau désormais occupé par la cité d'urgence conçue dans les années 1960 et qui constituait une sorte de *no man's land* social dont les habitants tentaient de fuir l'amiante avec laquelle elle avait été construite et la misère dans laquelle elle s'était développée.

Face au plateau de la cité, celui sur lequel se devinait, au loin, le centre hospitalier de Beauvais. Le village était posé au creux de ce qui pouvait ressembler à une vallée.

La maison était tout en torchis et pans de bois. Le genre de grange restaurée qui faisait fureur dans les agences immobilières. Ça avait l'air sublime.

Arrivée devant le mur en vieilles pierres qui encerclait la propriété, Léonie se retourna. Tout paraissait calme. La rue, étroite, n'était pas très fréquentée. Les maisons voisines étaient éloignées et de grandes haies cachaient la vue. On devait être bien ici.

L'ex-gendarme l'attendait sur le perron de sa maison. Il semblait avoir une soixantaine d'années et les cheveux blancs. Ses bras étaient croisés dans son dos.

— Bonjour brigadier-chef, déclara-t-il d'une voix douce.

— Vous êtes Daniel Martin ?

— Lui-même, lança-t-il dans un grand sourire. Entrez, j'ai préparé un café. Vous avez trouvé facilement ?

— On ne peut plus se perdre aujourd'hui grâce aux téléphones, dit-elle en montrant son portable.

Ils pénétrèrent dans une grande cuisine que le soleil de mars venait éclairer. Il y faisait bon.

— Dites, c'est superbe chez vous.

— Merci. J'ai acheté au moment de mon départ en retraite. J'ai quasiment tout refait tout seul. Avec ma femme Appolonie, nous voulions autre chose que l'appartement de la caserne où la gendarmerie nous a logés pendant vingt-cinq ans.

— Vingt-cinq ans ?

— Oui, vingt-cinq ans de bons et loyaux services en gendarmerie dont beaucoup au détachement autoroutier de Beauvais. Je suis arrivé ici simple gendarme et j'en suis reparti adjudant-chef, chef du peloton autoroutier. On était logés dans des appartements petits et à la limite de l'insalubrité à l'ancienne caserne Watrin, pas très loin de l'actuel palais de justice. Ce n'était pas terrible mais il y avait une très bonne entente entre les gendarmes. C'est l'une des raisons pour lesquelles on est restés si longtemps, mon épouse et moi.

Il parlait de tout ça avec une certaine nostalgie.

— Mais je ne pense pas que vous soyez venue me rendre visite pour entendre mes histoires de vieux gendarme. Que puis-je faire pour vous ?

Léonie expliqua l'histoire de Neïma.

— J'ai lu dans les journaux cette histoire insolite. J'en ai ramassé sur l'A16, mais jamais des enfants enfermés dans une boîte.

— En fait, je voulais savoir si vous aviez une idée sur la façon de prendre l'autoroute sans payer et sans passer par les péages où tout est filmé aujourd'hui.

— Sans prendre les péages ? Il n'y a pas trente-six solutions. Il faut passer par les accès de service.

— Justement, je suis en train de rechercher la façon la plus certaine de pouvoir ouvrir ou se faire ouvrir ces fameux accès de service.

Léonie lui raconta l'intégralité de ses recherches. Ce Daniel Martin était immergé dans l'histoire.

— Donc vous soupçonnez un gendarme ou un type de la Sanef ?

— J'en suis arrivée à cette hypothèse, effectivement. Quelqu'un qui aurait accès à l'une des deux clefs et qui pourrait tranquillement voyager d'Amblainville jusqu'à Calais ou sur la côte.

— Ah non, je vous arrête, pas jusque sur la côte.

Léonie retint sa respiration. Qu'allait-elle encore apprendre qui contrarierait sa réflexion ?

— On a pas dû tout vous dire au sujet de ces clefs.

— Qu'elles valaient chères et qu'elles ne se dupliquaient pas ?

— C'est vrai qu'elles coûtent un bras. Mais même avec une clef en sa possession, on ne peut pas voyager du début à la fin de l'autoroute.

Léonie attendait la suite avec impatience.

— À la base, un jeu devait être remis à la Sanef, l'autre à la gendarmerie et le dernier au garage de permanence. Le garagiste de permanence sur l'autoroute reçoit un agrément préfectoral valable cinq ans. Il peut intervenir sur l'ensemble du réseau autoroutier dépendant de l'autorité d'un préfet. Donc à Beauvais, c'est le préfet de l'Oise qui gère. Les clefs n'ouvrent que les accès de service de l'autoroute A16 dans l'Oise. Lorsque vous passez dans la Somme, c'est d'un autre jeu de clefs dont on doit se servir pour passer les grilles d'accès. Car il s'agit d'un autre département et les agréments pour dépanneurs sont préfectoraux. Vous comprenez ?

— On ne m'avait jamais parlé de cette troisième clef.

— Parce qu'elle n'existe plus.

Léonie était pendue à ses lèvres et l'ex-gendarme en profitait.

— Vous avez un peu de temps ? Ça risque d'être long !

— Allez-y, j'ai mon après-midi.

— Et Appolonie ne rentrera pas avant 19 heures. Allons-y alors. Au tout début de l'existence de l'autoroute, il y avait un dépanneur qui a donc été agréé par le préfet de l'époque. Le type était un bosseur à l'ancienne. Il s'appelait Joël Liotard et il tenait le garage *Auto Dépan'Oise* à Beauvais dans le quartier Marissel. Il travaillait seul mais il était toujours disponible. Dès qu'on avait un pépin, il était là. Autant vous dire qu'on se voyait. Il réparait nos voitures, personnelles ou de service, il se rendait de tous temps et en tous lieux sur la moindre intervention. Il était très serviable. Il a même réparé la Safrane du colonel de groupement. Il lui a fait bonne presse et tout se passait très bien. C'est vite devenu un copain à nous. On se tutoyait, on sortait ensemble, il passait au service pour boire des coups ou faire des barbecues. Il était passionné par les armes et on l'emmenait faire du tir avec nous. En plus, c'était vraiment un gros déconneur.

Il marqua un temps d'arrêt.

— Mais ? reprit Léonie

— C'était ce qu'on appelle un noceur. Je pense que vous les jeunes, vous appelez les types dans son genre des fêtards. Il sortait beaucoup, beaucoup trop finalement, et souvent avec des gendarmes du peloton d'ailleurs. Je n'en ai pas honte mais j'ai fait quelques virées avec lui. Pas énormément mais assez pour bien connaître le *Beauvais by night* de la fin des années 1990. Entre ses sorties et sa vie professionnelle, on va dire que sa femme en a eu marre. Elle a attendu que leur fils soit assez grand et elle est partie. Il s'est retrouvé tout seul du jour au lendemain. Mais autant avec sa femme à la maison, Joël était un type super sympa qui allait toujours de l'avant et qui ne semblait jamais abattu ni même fatigué, autant une fois tout seul, il s'est transformé d'une façon assez incroyable. Du jour, il est devenu la nuit ; une sorte de vivant-mort. Ça n'a pas duré longtemps dans mon souvenir. Un mois, peut-être moins. Il s'est tiré une balle avec l'un de ses fusils... Enfin quand je dis une balle, c'est avec une cartouche qu'il s'est fait sauter le crâne. Une cartouche de plombs numéro deux très exactement. Du très gros plomb.

Daniel Martin marqua une pause, le souvenir de cet épisode lui semblait douloureux.

— C'est moi qui l'ai découvert avec un autre collègue. Ça faisait deux jours qu'il ne répondait plus au téléphone. On est tombés sur un drôle de spectacle, croyez-moi. Il s'était assis sur une chaise au milieu de son salon et il avait tiré. Il n'avait plus de tête mais son corps était resté assis. On a mis du temps, le collègue et moi, à réaliser que c'était notre pote sur la chaise. On est sorti et mon collègue est allé dégueuler tripes et boyaux dehors pendant que j'appelais la brigade de Bresles pour qu'ils rappliquent. Ça a pris un peu de temps mais finalement les collègues de Bresles l'ont bien identifié et le suicide a été confirmé. Il ne manquait rien. Tous ses flingues étaient là. Il y avait pas mal d'argent en liquide. Le seul truc que personne n'a jamais trouvé, c'est la clef des accès de service de l'A16. Le préfet n'était pas content mais quand on a pu exclure de façon certaine la piste du vol, on a conclu que les clefs avaient été rangées dans un endroit que personne, sauf lui, ne connaissait. Plutôt que de refaire un jeu de clefs complet qui aurait grevé les crédits de la préfecture sur les années à venir, il a été décidé que l'A16 dans l'Oise marcherait avec seulement deux clefs. Et ça marche jusqu'à présent.

— Vous vous êtes déjà demandé ce qu'il était arrivé à cette clef ?

— Pas vraiment. L'image de ce pauvre Joël assis sur sa chaise d'infortune au milieu de son salon, avec la tête qui avait explosé, est restée gravée trop longtemps dans ma rétine. Je n'ai pas été bien pendant au moins dix mois, presque un an. Personne ne pouvait s'attendre à ça. J'ai vaguement essayé d'imaginer où il avait pu mettre les clefs mais je me suis rangé à la version officielle. Et je pense très sincèrement que personne ne le sait. Ça servirait à quoi d'avoir un jeu de clefs. À pas payer l'autoroute dans l'Oise uniquement ? Franchement, ce n'est pas l'idée du siècle au niveau économie, non ?

Léonie était songeuse. Elle ne répondit pas.

— Et sa femme, elle n'aurait pas pu partir avec les clefs, rien que pour le faire chier ?

— Possible. Je crois bien que les collègues qui ont mené l'enquête l'avaient convoquée à l'époque. Ils n'en ont rien tiré. Elle s'était installée du côté de Rouen je crois. Vous pensez à quoi exactement ? À un type qui aurait le troisième jeu de clefs perdu depuis belle lurette et qui ferait passer des migrants sur l'A16 en entrant à Amblainville et en sortant à Bonneuil-les-Eaux. Vous y croyez ?

— Bonneuil-les-Eaux c'est la dernière sortie avant la Somme. Vous les connaissez toutes à ce point ?

— J'y ai travaillé assez longtemps pour m'en souvenir encore bien. Je ne me souviens plus quelques fois de ce que m'a demandé ma femme le matin même, mais ça je m'en souviens. Donc vous y croyez-vous à cette théorie ?

— Faut que je la travaille mais c'est vrai que ça fait beaucoup de paramètres assez improbables. Surtout que les passeurs de migrants, assez souvent, ne font pas les voyages eux-mêmes. Ils donnent rendez-vous à leurs marchandises à Calais ou ailleurs et ils se débrouillent pour venir seuls, en train, en stop ou en bus. C'est tellement facile de circuler en France que pour des réseaux de passeurs le jeu n'en vaut pas la chandelle, répondit Léonie.

Ça commençait à faire beaucoup d'impasses dans lesquelles elle s'égarait. Une fois de plus, ses pensées moulinaient.

— Il n'a jamais eu d'employés ?

— Non, Joël travaillait tout seul. Faut dire qu'au niveau boulot, personne n'aurait pu le suivre. Les huit heures, il ne connaissait pas.

Elle arrêta de réfléchir et remercia le gendarme Martin de lui avoir consacré un peu de son temps. En se promenant dans le quartier, elle essaya de s'imaginer la vie de ce village avant qu'il ne devienne un quartier urbain. Elle s'arrêta quelques minutes devant une ancienne ferme que les parpaings et le ciment segmentaient en plusieurs logements. Plus loin, en regagnant son véhicule, elle crut entendre le marteau d'un forgeron sur son enclume, prêt à ferrer un cheval qui attendait à la porte de son atelier.

Elle vit même passer un ramasseur de peaux qui criait : « Peaux de lapins, peaux de lapins » en tirant une charrette à bras.

Elle n'était pas encore revenue en 2019 lorsque son téléphone sonna.

Chapitre XI

6 mars 2019, 17 heures 30.

C'était Marc.

— Bonsoir inspecteur. Je suis désolé de vous déranger au téléphone, j'ai appelé vos collègues à l'aéroport et on m'a dit que vous étiez en mission. Je voulais absolument vous voir.

— À la limite, je préfère que vous m'appeliez par mon prénom plutôt qu'inspecteur : je suis brigadier-chef et ça ne sonne pas bien. Mon prénom est Léonie.

— Vous n'êtes pas inspecteur ou commissaire ?

— Non non, sourit Léonie. C'est bon pour la télé mais en fait, ce sont des gardiens de la paix qui mènent les enquêtes de nos jours. Et comme vous le voyez, ils sont souvent seuls et ils n'ont pas d'adjoints avec eux.

Comme beaucoup, Marc méconnaissait cette réalité, lui qui ne voyait la police que par le biais des séries à la télévision ou dans les romans policiers, même s'il n'en lisait plus depuis longtemps.

— Vous aviez quelque chose à me dire alors ? demanda Léonie.

— C'est au sujet des accès de service et des clefs. Christophe m'a dit que vous vous renseigniez sur la façon d'ouvrir les grilles.

Léonie n'aimait pas trop que des civils commencent à se mêler de ce genre de choses. Ils avaient, comme cette morue de Maryse, souvent des idées qu'ils copiaient de la télé et qui étaient à des années lumières de la réalité du terrain. Elle le laissa parler.

— Je n'ai pas d'idée sur la façon dont le type a ouvert la grille d'accès mais s'il recommence, je pense savoir comment faire pour savoir où il entre et où il sort.

À coup sûr, il va partir sur un délire de caméra miniatures ou de balises ultra sophistiquées qui n'existent pas encore, se dit Léonie.

— Il faudrait mettre des morceaux de ficelle ou quelque chose qui se casse quand on ouvre la grille. On le fait sur toutes les grilles de l'autoroute et lorsque la ficelle est cassée et qu'elle ne correspond pas à une entrée ou une sortie disons officielle, et bien on saura que c'est par là que ça passe.

— C'est pas con ça, laissa-t-elle échapper.

À l'autre bout, Marc sourit comme un enfant qu'on félicite parce qu'il a bien répondu.

— Je faisais ça quand j'étais môme pour être sûr que ma frangine n'était pas entrée dans ma chambre.

Cette fois, Léonie explosa de rire.

— Mon frère aussi faisait ça pour vérifier que je n'allais pas fouiner dans la sienne. Bon sérieusement, c'est une très bonne idée mais en procédure pénale, c'est un peu limite. Je vais voir mon chef et lui demander si on ne peut pas mettre un gros dispo de surveillance sur l'autoroute. Voire des caméras pour surveiller de loin ces fameux accès de service. Mais franchement, votre idée est pleine de bon sens.

Ils se quittèrent après avoir échangé quelques banalités et Léonie rentra au service. En passant devant le bureau de Combeferre, elle vit que Maryse et le commissaire étaient une fois de plus assis en train de discuter.

De quoi pouvaient-ils parler aussi souvent ? d'argent ? Si Combeferre adorait parler de ça, Maryse n'en avait pas et ne comprenait pas grand-chose au sujet.

Ils pouvaient parler aussi des études de leurs enfants, mais la fille de Combeferre faisait du droit à la faculté et le fils de la secrétaire, sensiblement du même âge, avait loupé trois fois son bac et venait d'être refusé au concours de gardien de la paix. Il s'orientait maintenant vers celui de gardien de prison où la dernière moyenne des candidats pris était de six sur vingt. Ça laissait une lueur d'espoir à Maryse, mais ce n'était pas suffisant pour alimenter une conversation de plus de quatre minutes.

C'était un vrai mystère pour la policière. Tous les deux passaient les trois quarts de leur temps ensemble. Bien que l'idée qu'ils puissent coucher ensemble hors des horaires de bureau soit concevable et que cela puisse créer des liens, de quoi pouvaient-ils parler durant tout ce temps ?

Elle continua jusqu'à son bureau, enleva sa veste, son flingue et se massa les tempes puis téléphona aux collègues de Lille pour savoir s'ils pouvaient lui prêter des caméras. La réponse fut immédiatement non. L'unité interrégionale possédait cinq caméras mais elles étaient toutes utilisées sur de grosses enquêtes. Des filières d'immigration où le prêt était impossible jusqu'au mois de juin, minimum. Elle raccrocha. Il fallait qu'elle aille voir Combeferre. Lui seul aurait l'autorité ou le pouvoir de forcer la réponse.

Elle toqua au moment au Maryse parlait de son ancien chien, qui devait s'appeler Moudra ou Mouna, Léonie n'avait pas bien entendu.

— Entrez Léonie et asseyez-vous, dit Combeferre.

Il avait l'air réjoui de s'échapper de la vie de l'ancien chien de Maryse.

— Je voulais faire un point avec vous sur l'enquête et vous solliciter pour deux ou trois petites choses.

— Allez-y, si c'est gratuit, j'accepte, rigola-t-il assez fortement.

Léonie résuma l'histoire et l'impossibilité pour Lille de prêter les caméras.

— Je voulais savoir s'il était possible de mettre à ma disposition l'unité de voie publique pour surveiller les accès de service. C'est forcément par là que ça passe.

— Accordé pour vendredi Léonie.

— Pour vendredi ? En fait, j'en aurai besoin sur au moins une semaine.

Maryse, qui n'avait pas eu l'intelligence de sortir du bureau, avait écouté le compte rendu comme si elle était elle-même policière. Elle soupira assez fort pour que le commissaire l'entende. Le genre de soupir qui faisait bien remarquer que l'unité de voie publique était la pierre angulaire du service et que ne pas la mettre sur la voie publique pour y ramasser tout ce qui n'était pas blanc, était presque une faute professionnelle. Car le ramassage d'étrangers en situation irrégulière était le cœur de métier du service comme aimait le répéter son chef ; et sans étranger, pas de prime à la fin de l'année. Le reste n'était que lettre à écrire pour Combeferre.

Cette histoire de gamine, d'autoroute c'était déjà du vent pour lui.

— Regardez déjà ce que ça donne vendredi mais pour la semaine prochaine, je pense que ça va être compliqué.

La pression commençait à monter du côté de Léonie.

— Monsieur, on est dans un service d'investigations, il faut du temps pour mener ce genre d'enquête. On ne peut rien faire sur une opération de surveillance dont vous décidez vous-même du jour. Il y a plus de quarante accès de service sur l'A16 dans l'Oise. Il me faudrait au moins une semaine.

— Vous savez ce que ça représente en termes de statistiques une semaine où je ne rends pas de chiffres au préfet. Non ? Eh bien c'est trop.

— Monsieur, c'est comme si vous demandiez aux pompiers de partir en patrouille à la recherche d'un feu de pavillon...

— Les bons pompiers y arriveraient.

Elle encaissa sans broncher. Ce genre de remarque était la marque de fabrique de Combeferre dans sa quête du *toujours avoir raison*.

— Mais enfin, vous êtes un ancien officier de police, vous étiez sur le terrain, vous savez qu'on ne peut pas travailler comme ça.

— Ça suffit, tempêta-t-il d'un ton sec. Vous aurez l'unité de voie publique vendredi, un point c'est tout. Il est possible que vous l'ayez peut-être une ou deux fois de plus, mais ça sera tout. Et si vous continuez, il n'y aura rien vendredi.

— Mais monsieur, je ne fais pas un caprice d'ado là, suppliait presque Léonie. Je vous parle d'une enquête judiciaire avec une gamine venue de nulle part et dont la famille ne donne pas signe de vie depuis dix jours.

— Eh bien qu'elle retourne nulle part et qu'elle ne me pète pas les couilles, cette gamine. La directrice à Lille sait bien que votre unité est décimée. Il n'y aura pas de filière cette année donc mon beurre de l'année, je le fais sur les chiffres des étrangers en situation irrégulière que l'unité de voie publique me ramène. Ça, c'est mon boulot. Le vôtre, c'est de retrouver les parents de cette gamine. Si vous n'y arrivez pas, passez à autre chose, ce ne sont pas les dossiers qui manquent. Et si vous voulez vraiment les retrouver, faites-le avec les moyens que l'administration met à votre disposition. Si ces moyens ne vous plaisent pas, demandez votre mutation dans un autre service. Fin des négociations brigadier-chef !

Le ton avait sensiblement monté. Il n'y avait plus de miel dans la voix du commissaire. Maryse s'était légèrement reculée, laissant Léonie seule face au chef de service.

Léonie en avait presque les larmes aux yeux mais elle se contint. Elle avait envie de l'insulter, de lui prendre sa putain de tête de con et de la pulvériser contre son bureau. Elle avait envie de lui mettre un énorme coup de pied dans les burnes, assez fort pour lui faire ressortir les yeux pas la tête.

Mais c'était lui le chef. C'était lui Dieu le père dans ce service de petits fonctionnaires. Il faisait ce qu'il voulait.

Elle quitta le bureau sans rien dire, profondément frustrée et se dirigea dans le sien. Quelques têtes étaient sorties pour voir ce qu'il se passait.

Une pluie fine s'était mise à tomber et commençait à mouiller la piste d'atterrissage. Un collègue du bureau d'à côté vint aux nouvelles. Elle lui expliqua. Il comprit bien mais ce n'était pas son affaire. Ce n'était pas son problème, quelque part. Lui, il traitait les types sans papiers qu'Antoine et son équipe ramenaient chaque jour. Le reste, ce n'est pas vraiment qu'il s'en foutait, mais un peu quand même...

Elle s'échappa de l'aéroport sous cette pluie fine qui n'en finissait pas de tomber. Alors qu'elle venait de rejoindre la voie verte, elle s'arrêta. Elle appela Marc.

— Marc ? Oui, bonjour, c'est Léonie. Je vous appelle par rapport à votre idée de toute à l'heure. Finalement, on va faire comme vous avez dit.

À l'autre bout du fil invisible qui leur permettait de communiquer, Marc sourit.

— C'est que...

— Un problème Marc ?

— Non, c'est que je ne vous ai pas attendue, j'ai commencé tout à l'heure. J'ai posé des petits fils de nylon tout au long des quarante-sept grilles dans le sens Paris-Province. Je n'aurai pas fini ce soir, mais demain à midi ce sera fait. Ils sont assez fragiles et se casseront s'il y a ouverture.

— Alors je vous rappelle demain pour voir comment on va s'organiser. Je crois qu'il ne va falloir compter que sur nous pour avancer dans cette histoire. À demain Marc !

Sur la route du retour, Léonie repensa à Combeferre et à ce tout petit service dans lequel elle était affectée. Certes, ses horaires lui permettaient de s'occuper de ses enfants et d'organiser son existence sans trop avoir à craindre les nombreux débordements d'une vie de flic, mais elle était bien loin des grands services d'investigation de police judiciaire où l'on avait des flics pour collègues et des vrais patrons qui commandaient.

Ici, c'étaient plutôt des fonctionnaires qui pleuraient dès qu'il fallait faire des heures supplémentaires. Chacun jouait la carte de sa petite carrière avant celle de la solidarité. Et si le chef en personne n'incitait pas ses gars à faire du vrai boulot de flic, à rendre service aux gens, y avait plus qu'à regarder faire. On était dans la petitesse totale, bien loin de la vie palpitante de ce que beaucoup devaient imaginer. Bien loin de la littérature, des clichés et des films qui l'avaient poussée à devenir flic. On était dans la vraie vie quoi.

Cette sensation de malaise s'atténua dès qu'elle arriva chez elle. Le sourire de la petite dernière qui prenait son bain avec son papa lui fit oublier momentanément cette journée de merde.

Chapitre XII

18 mars 2019, 10 heures 45.

Elle n'avait pas beaucoup cherché à vrai dire.

Évelyne Lelièvre résidait désormais à côté du Tréport, dans un pavillon comme tant d'autres, dans une rue comme tant d'autres. Devant le pavillon, il y avait des herbes folles et une allée en gravier où les mauvaises herbes étaient presque plus nombreuses que les cailloux. Lorsqu'elle sonna, une petite bonne femme vint lui ouvrir. Elle était habillée avec un tablier couvrant une robe à carreaux blancs et bleus. Elle avait un couteau à la main.

— Oui, c'est pour quoi ?

Léonie lui expliqua qu'elle venait de Beauvais et qu'elle était à la recherche d'un jeu de clefs qui avait disparu vingt ans plus tôt. La petite bonne femme ne parut pas plus surprise que ça.

— Entrez, inspecteur. Ne faites pas attention au désordre, depuis la mort de mon mari, j'ai plus vraiment la tête à ranger.

Léonie s'étonna de cette remarque.

— Vous voulez dire depuis la mort de Joël Liotard ?

La petite bonne femme éclata de rire.

— Fichtre, elle est forte celle-là. Bien sûr que non. Je vous parle de mon second mari, il est mort en début d'année. Un crabe au poumon.

Là-dessus, elle s'alluma une gitane dont l'odeur vint rappeler à Léonie son unique expérience avec ce genre de cigarette (pouvait-on seulement appeler ça une cigarette ?), à l'heure du déjeuner au lycée. Elle avait été malade pendant le cours d'anglais qui s'ensuivait.

Alors que Léonie lui expliquait exactement son enquête, la femme l'écoutait tout en fumant.

— Vous n'êtes pas la première à me demander où sont passées les clefs de l'autoroute. Mais il faut bien me comprendre. Je ne suis pas partie pour faire chier mon mari, je suis partie pour ne pas mourir.

Léonie écoutait.

— Soit je me faisais tuer sous ses coups, soit je me pendais.

— À ce point ?

— C'était l'horreur madame. Joël sortait quasiment tous les soirs. Quand ce n'était pas avec ses potes gendarmes, c'était avec d'autres compagnons de beuverie. Les seules fois où il ne sortait pas, c'est quand il était de permanence et qu'il était appelé pour un dépannage. J'en prenais plein la gueule quand il rentrait trop ivre et quand il ne l'était pas assez, c'était beaucoup plus bas que je morflais. Je ne vous fais pas un dessin hein ?

Léonie baissa les yeux.

— Avec les autres il passait pour un super type, courageux, toujours le mot pour rire. Bref, le pote idéal. Moi par contre, je n'étais plus sa femme, je n'étais rien pour lui. Il n'y avait que notre grand qui comptait à ses yeux.

— Votre grand ? l'interrompit Léonie.

— Notre fils, Guillaume. Il voulait qu'il reprenne l'affaire. Il l'idolâtrait et c'était réciproque. Moi, j'étais bonne qu'à me taire et faire à manger. Au début, je m'occupais des comptes du garage mais quand il a commencé à vraiment trop picoler, il n'a plus voulu que je mette mon nez dedans. Il pensait que j'allais lui voler de l'argent. J'ai été bien malheureuse vous savez. J'ai même pensé à me foutre en l'air mais je n'ai pas eu la force. Alors j'ai attendu que Guillaume soit assez grand et je suis partie chez ma sœur à Rouen. Je n'ai rien laissé qui était à moi mais je vous assure que je n'ai pas touché à ses affaires, ni même aux clefs. D'ailleurs, je ne savais même pas où il les rangeait. Il s'est flingué même pas dix jours plus tard. De mon côté, j'ai rencontré quelqu'un et j'ai refait ma vie ici même. Voilà l'histoire madame. Je crois bien que vous avez fait le déplacement pour pas grand-chose, inspecteur.

Léonie le pensa effectivement très fort, mais ne dit rien.

— Vous m'avez parlé de votre fils dont votre mari pensait qu'il allait reprendre le garage. Ça ne s'est pas fait ?

— Non, Guillaume n'était pas très manuel. Il est parti faire son service militaire et c'est pendant qu'il était là-bas que son père s'est suicidé.

— Vous avez une idée de ce qui aurait pu arriver aux clefs ?

— Aucune madame. Guillaume le sait peut-être. Il bossait souvent avec son père.

Léonie sourcilla un peu à cette phrase, le gendarme Martin lui ayant dit que Joël Liotard n'avait pas d'employés.

— Vous savez où je peux le joindre ?

— Il m'a accusée d'avoir tué son père le jour de l'enterrement, au cimetière. Ça fait vingt ans que j'ai plus de nouvelles de lui.

Elle baissa la voix sur cette dernière phrase. Ce n'était pas de la tristesse, plutôt une sorte de dépit.

— C'est dur, glissa Léonie.

La petite vieille sourit.

— Le plus dur, c'est que je n'ai jamais pu lui dire l'enfer qui était le mien. Il est convaincu que j'avais un amant et que je suis partie pour le rejoindre. J'ai rencontré mon second mari bien plus tard en fait. Mais bon, c'est comme ça.

— Vous n'avez pas une idée de l'endroit où il peut être aujourd'hui ?

— J'ai demandé à ma sœur de voir s'il voulait bien me reparler, il y a trois ans de ça. Quand mon mari a déclenché son cancer. Ma sœur a fait chou blanc. Il n'est pas sur les réseaux sociaux, il n'a pas d'adresse dans le coin, et ses anciens copains de l'époque n'ont plus de nouvelles de lui depuis longtemps, très longtemps même. J'imagine qu'il a déménagé très loin. Dites, avec vos moyens, vous devriez pouvoir savoir ce qu'il est devenu.

— Oui, c'est possible je pense.

— J'étais allée voir le commissariat du Tréport à l'époque mais on m'a répondu qu'il était majeur et que s'il n'avait pas envie de me donner de nouvelles, c'était son droit.

Effectivement, c'est son droit mais vu l'histoire, il y a peut-être des paramètres à prendre en compte, se dit la policière.

Léonie se leva et remercia Évelyne de lui avoir consacré un peu de temps. En mettant son manteau, la femme lui demanda :

— Si vous le retrouvez, vous pourrez lui dire au moins que j'aimerais bien lui parler ?

— Promis madame.

Léonie se dirigea vers sa voiture et juste avant de fermer la portière, jeta un dernier coup d'œil à la maison. Évelyne se dirigeait vers elle.

— Vous savez madame, j'ai le même crabe que mon mari et j'aimerais vraiment partir réconciliée avec mon grand. Qu'il ne pense pas que je l'ai abandonné toute sa vie.

Léonie monta en voiture et un grand frisson glacé lui remonta l'échine. *Quel gâchis tout ça quand même,* se désola-t-elle en reprenant la route de l'Oise.

Le temps était un peu maussade et la radio ne captait rien. Elle se décida à appeler le gendarme Martin. Il décrocha aussitôt, sans aucune sonnerie.

— Bonjour, je suis Léonie, la policière qui est venue vous voir au sujet de l'autoroute. Je peux vous prendre cinq minutes de votre temps ?

— Bonjour brigadier-chef. Oui oui, allez-y.

— Je reviens du Tréport. J'ai rencontré l'ancienne femme de Joël Liotard.

Il ne parut pas surpris et répondit immédiatement :

— Vous avez vu Évelyne ?

— Tout à fait, on a évidemment parlé des clefs.

— Et elle vous les a rendues, dit-il d'un ton plein de malice.

Léonie sourit.

— Non, en fait elle m'a parlé de quelqu'un qui avait travaillé avec lui. Son fils...

Rien ne trahit une quelconque émotion dans la réponse de l'ancien militaire.

— Guillaume ? Écoutez, je ne veux pas être méchant avec lui mais je ne sais pas si on peut dire qu'il a vraiment travaillé avec son père.

— Comment ça ?

— Guillaume avait de grosses difficultés à l'école. Son père voulait en faire son successeur. Mais même en CAP mécanique, il a eu pas mal de problèmes pour suivre. Alors son père l'a mis en apprentissage avec lui. Je me souviens que les premières vidanges qu'il a faites, c'est la compagnie de Beauvais qui y a eu le droit. Résultat, il a oublié de remettre de l'huile et il nous a rincé les deux moteurs de Renault 4. Son père a réussi à nous trouver des moteurs de rechange mais pour un apprenti mécano, c'était plutôt mal parti, non ?

— Effectivement, confirma Léonie.

— Joël était furieux et il lui a mené la vie dure pendant un an pour lui faire comprendre les bases de la mécanique. Mais comment vous dire ?

Il semblait réfléchir.

— Guillaume n'était pas un prix Nobel comme on dit chez moi. Il n'était pas bon à grand-chose. C'était un gentil garçon mais il n'était vraiment pas futé. Du coup, il s'est contenté d'accompagner son père. Mais c'est vrai qu'ils ont toujours été ensemble dès les 14 ans de Guillaume jusqu'à ce qu'il parte faire son service militaire. Il devait avoir dix-sept ans environ. Enfin, si vous êtes toujours sur votre histoire de clefs et de passeurs, je peux vous assurer que ce n'est pas Guillaume qui aurait eu l'idée de ce genre de stratagème parce qu'il était vraiment incapable de réfléchir autant. Je vous dis, changer une roue était déjà très compliqué pour lui, alors ouvrir une grille avec une clef et commencer un trafic de clandestins...

Il y avait quelque chose de riant dans sa voix. Léonie se dit qu'elle aurait adoré l'entendre raconter ses histoires de gendarmes plus longtemps.

— Et vous savez ce qu'il est devenu ce Guillaume ?

— Aucune idée. Le jour de l'enterrement de son père, il s'est assez violemment engueulé avec sa mère au cimetière. Il lui a reproché de l'avoir tué en gros. Elle vous en a peut-être parlé d'ailleurs. Ensuite, moi et un collègue on l'a raccompagné à la gare de Beauvais, au train du soir pour Paris. Dans mon souvenir, il était affecté dans un régiment d'infanterie du côté de Sedan. Mais c'est la dernière fois que je l'ai vu. Sa mère ne vous a pas dit où il était ?

Léonie expliqua son entretien au Tréport et l'absence de son fils dans sa vie depuis l'enterrement.

— Ah, c'est dur ça pour une mère. Elle n'aura vraiment pas eu une vie facile Évelyne.

Léonie arrivant dans son département d'origine, elle raccrocha. Le reste du trajet, elle le fit à remettre en image la vie d'Évelyne. Elle se demandait comment elle pourrait réagir si ses enfants ne souhaitaient plus jamais lui parler.

Mal certainement.

Très mal.

Chapitre XIII

18 mars 2019, 6 heures 30.

Trois véhicules. Pour surveiller la soixantaine de kilomètres d'autoroute et les quarante-cinq accès de service, le directeur de l'antenne de l'Oise de la DIPAF avait dépêché trois véhicules. Une Twingo deux places, une 206 et une 308. Pour une fois, ce n'était pas de la mauvaise volonté de la part du patron. C'étaient les forces en présence : il n'y avait que ça.

Chaque véhicule était monté par deux policiers. Six policiers en tout qui s'étaient placés stratégiquement.

Stratégiquement, ça voulait dire une voiture à Amblainville, au départ de l'A16. Une autre à Bonneuil-les-Eaux, fin de l'autoroute dans le département, et enfin une dernière au centre technique de Beauvais. Léonie avait posé un collègue devant les écrans de surveillance et elle était partie sur une aire de repos. Toute seule dans la Twingo 1,1 litre à essence, elle avait un bon visuel sur la voie de circulation en direction d'Amiens et dès qu'un véhicule pouvant ressembler à celui décrit par Neïma passait devant elle, elle le balançait à la radio pour son collègue qui vérifiait s'il avait bien pris le péage.

À chaque fois, la réponse fut la même : affirmatif.

C'était un peu décourageant et à midi, elle reçut un appel d'Antoine, le chef de l'unité de voie publique.

Antoine était au commissaire Combeferre l'équivalent d'une moule à un rocher : très accrochée. Antoine n'était que simple gardien de la paix lorsqu'il avait croisé la route de Combeferre qui lui, n'était encore qu'un petit officier à la préfecture de police de Paris à la fin des années 1990. Combeferre avait tout de suite vu le potentiel d'Antoine pour mieux diviser l'unité sur laquelle il régnait alors. Chaque troupeau a sa brebis galeuse, la sienne avait Antoine. Chaque soir, il était au rapport dans le bureau de son officier et savait lui donner le nom de ceux qui n'entendaient pas la vie de la même façon que le chef. Le patron savait mener ses « déviants » à bout et l'un de ces pauvres bougres s'était même tiré une balle dans la tête quelque temps plus tard, en rentrant chez lui. C'est l'une de ses filles qui l'avait alors découvert dans la salle de bain. Le premier d'une série de trois.

Antoine avait cru trouver un point d'appui pour sa carrière qui ne décollait pas avec cet officier. Il avait tout misé sur lui. Mauvais choix. Combeferre avait été muté par la suite et Antoine était resté à Paris durant de nombreuses années en végétant dans des services de garde de bâtiments. Ce sombre héros de la police nationale avait appris la nomination de son ancien mentor dans l'Oise et il s'était alors empressé de le rappeler. Ils s'étaient rencontrés. Le nouveau chef de service avait vu tout l'intérêt de remettre l'un de ses pions sur l'échiquier. Il s'était alors débrouillé pour faire muter Antoine à Beauvais. À peine arrivé, Antoine avait rencontré Maryse, alors en pleine déroute sentimentale, et les deux s'étaient mariés avec

Combeferre pour témoin devant une assemblée composée de quatre personnes au total. Antoine était aujourd'hui l'un des policiers les plus craints de son service par ses propres collègues ; le deuxième après le patron.

Léonie s'était déjà demandée s'il existait une religion qui avait Combeferre pour dieu et si Antoine n'en était pas le seul adepte.

Le chef de l'unité de voie publique au téléphone se plaint que rien n'avait été prévu pour manger et qu'il n'allait pas tarder à partir car aujourd'hui, son unité et lui étaient en journée courte. C'est-à-dire qu'ils finissaient tous officiellement une demi-heure plus tôt car il fallait bien finir un jour, même pour un flic.

— Tu finis à quelle heure ?

— 13 heures 55.

— Il y a encore deux heures à faire au minimum.

— Ah non, ce n'est pas ce qui était prévu. On doit encore faire le plein des véhicules, remplir notre main courante et manger. Il est hors de question que mes gars mangent après 14 heures.

— Tu plaisantes ou quoi, c'est une journée de surveillance. On est là jusque tard ce soir. Va te prendre un casse-dalle n'importe où, mais il est hors de question qu'on bouge. Je n'ai qu'aujourd'hui pour surveiller. Le patron ne me donnera pas d'autre créneaux.

Un OK laconique termina cette conversation. Léonie regarda l'écran de son téléphone, il était midi sept. À midi douze, ce même téléphone sonna.

— Léonie, c'est le Commissaire. Bon, dites-moi où vous en êtes ?

— Toujours en surveillance, Monsieur.

— Vous arrêtez quand ?

Elle l'aurait parié. Antoine l'avait appelé dès qu'il avait raccroché.

— Ce soir, quand on le sentira plus. Je vais tenter d'optimiser la seule journée de surveillance que je peux faire.

— Dans ce cas, je vais vous aider. Le chef de l'unité de voie publique vient de me faire remarquer que le nombre d'heures supplémentaires global va être édifiant ce soir. On a des consignes de la direction centrale à ce sujet. Faut les limiter. Donc on arrête pour aujourd'hui. Vous en referez une la semaine prochaine si ça vous amuse.

— Monsieur, vous croyez vraiment que je m'amuse là ? Ça ne m'amuse pas. Pas du tout même. J'essaye de faire mon boulot.

— Je sais, je sais Léonie, coupa-t-il. On en parlera lundi si vous voulez. Il ne faut pas le prendre à cœur comme vous le faites, croyez-moi. Bon, là je dois filer en réunion, mais vous terminez l'opération pour aujourd'hui. De toute façon, Antoine est déjà sur le retour et il prend l'intégralité de son équipe au passage. Bon week-end Léonie.

Ce fut comme un KO.

Léonie était assise là, dans la petite Twingo blanche, sur cette aire d'autoroute. Seul le bruit des automobiles venait, en fond sonore, illustrer l'immense silence qui régnait. Elle aurait été incapable de dire si la radio était allumée et quelle chanson y passait.

Combien de temps resta-t-elle comme ça, à penser à rien ? Elle ne sut le dire. Elle gara la voiture près de la station-service et pénétra dans le magasin. Elle commanda un steak-frites et une bière. Quitte à être frustrée, autant le faire avec le ventre plein. Elle tenta de penser à autre chose. Mais ses idées revenaient régulièrement sur son chef de service, sur son boulot, sur toutes ces petites choses qui amenaient certains de ses collègues à s'en foutre de tout ou même à colorier leurs idées en noir.

À 14 heures 18 (heure BFM TV qui tournait en boucle sur les écrans de télévision de la station), elle se leva et regagna sa voiture.

Elle allait rentrer chez elle avec et reviendrait lundi, elle ne voulait plus remettre les pieds au boulot de l'après-midi.

Elle enquilla l'A16 direction Amiens. Elle sortirait à Breteuil pour regagner Beauvais par les routes de campagne. Tranquillement.

Elle roulait la vitre légèrement ouverte et le bout des doigts de sa main gauche se faisait lécher par le vent. Les éoliennes, telles les tripodes de la guerre des mondes, la regardaient passer dans sa boîte de conserve à quatre roues.

Machinalement, elle regardait les accès de service qui se présentaient devant elle. À la vitesse où l'emmenait sa petite automobile, elle pouvait se le permettre.

C'est juste avant l'aire de repos de Breteuil qu'elle la vit. Une camionnette blanche qui attendait avec un homme à l'extérieur.

La montée d'adrénaline fut rapide. En une seconde peut-être, le cœur de Léonie venait de prendre au moins cinquante pulsations. Il fallait faire très vite.

Son premier réflexe fut de se garer sur la bande d'arrêt d'urgence. Le plus possible sur la droite du talus, histoire de pas se faire défoncer par le premier quinze tonnes venu.

Elle tenta de réfléchir quelques instants.

Elle était toute seule.

Les collègues, même en faisant très vite, ne pouvaient pas être là avant une demi-heure.

Si elle se tapait une filature toute seule, avec sa Twingo, ça ne durerait même pas cinq cents mètres.

Elle était toute seule.

Neïma pouvait retrouver ses parents.

Elle était toute seule.

C'était peut-être une occasion inespérée de taper un flag de fou.

Elle était toute seule.

Il ne fallait pas prendre plus de temps pour réfléchir.

Allez, si ça merde, j'essaierai d'expliquer au juge que j'ai eu cinq secondes pour prendre ma décision.

Elle se lança. Elle chercha le gyrophare dans la boîte à gants mais ne le trouva pas puis enclencha la marche arrière sur les cent-cinquante mètres qui la séparaient de l'accès de service.

La camionnette était encore là et ce coup-ci, deux hommes étaient occupés à l'arrière.

Elle recula jusqu'à l'arrière, voulant s'offrir une protection au cas où ça tournerait mal.

Les deux types n'eurent pas la moindre réaction.

Elle sortit son Sig Sauer SP 2022 de service et les pointa en criant « POLICE ! ».

Les deux types eurent l'air bien con et laissèrent les bras ballants. Ils la regardèrent comme si elle sortait d'une soucoupe volante.

Léonie jeta un coup d'œil rapide à l'arrière de la camionnette, dans le prolongement direct des deux types. Il n'y avait rien sauf un tas de gazon.

— Putain, vous faites quoi les gars ?

— Et toi ma chef, t'es qui ? T'es la vraie police ?

Merde, des manouches, pensa Léonie.

— Oui, c'est la vraie police, vous faites quoi là ? Réponds, j'ai pas envie de rigoler.

— Ben rien, on décharge du gazon ma chef. C'est pas bien méchant. *Nous on travaillons et on repartait chez nous.*

— Sur le bord de l'A16, vous rigolez ou quoi.

Elle s'avança et demanda aux types de ne pas bouger. Il n'y avait rien à l'avant du véhicule.

— Fais voir ton ticket d'entrée d'autoroute.

Le premier s'exécuta et lui tendit le ticket qui correspondait bien à la date du jour, l'heure d'entrée datant d'à peine vingt minutes plus tôt.

Léonie comprit assez vite la situation. C'étaient juste des manouches qui tondaient chez les particuliers et qui, n'étant certainement pas déclarés, ne voulaient pas s'emmerder à payer une déchetterie. Alors, en rentrant chez eux, ils vidaient tranquillement sur le bord de l'autoroute. C'était biodégradable, c'était déjà ça.

— Mais chef, vous nous arrêtez ou quoi là ?

— Non, t'inquiète pas, on ne va pas aller jusque-là.

La tonte étant mise dans le bas-côté de la rampe d'accès, c'était comme du compost pour ce qu'il y avait en dessous.

Même si ces manouches l'ignoraient sûrement, leur geste était écolo.

La tension venait de redescendre d'un cran. Son dos était trempé. Ses aisselles aussi. Elle venait de faire une belle connerie mais ça, elle ne le voyait qu'avec le recul. Elle souffla un bon coup et rangea son arme.

— On fait quoi ma chef ?

Pendant dix secondes, rien ne se passa.

— Rien, vous repartez chez vous et moi je repars chez moi. Je pensais que vous étiez des méchants.

Les deux manouches rigolèrent et laissèrent éclater une dentition hétérogène.

— On laisse tomber notre rencontre. Vous la fermez sur mon intervention et je ne dis rien sur le dépôt d'ordure sauvage sur un axe de grande circulation, contravention sanctionnée par le code des Collectivités territoriales d'une amende de 3 500 euros.

Leur sourire s'effaça quelque peu, ne sachant pas si l'infraction existait.

Léonie ne savait absolument pas de quoi elle venait de parler mais au moins, cela avait fait son petit effet.

Elle attendit qu'ils repartent puis reprit l'autoroute, d'où elle sortit à Breteuil.

Elle reprit l'ancienne route nationale 1 en direction de Beauvais. Il était 17 heures. Il faisait bon et le soleil regagnait doucement l'horizon. Elle se disait qu'il fallait être de bonne constitution pour ne pas sombrer lorsqu'on était flic dans la vraie vie. Elle enviait souvent ces héros de polars qu'elle dévorait le soir, dans son lit.

Tout était passionnant même dans l'horreur. Dans ses enquêtes à elle, personne ne voulait se mouiller et il ne se passait rien d'incroyable. Quand elle sortait son flingue, c'était pour un flag de jet de détritus sur autoroute. Elle sourit à ces pensées et se dit que le mot qui qualifiait le mieux la façon dont cette enquête se passait était merdique.

Ils faisaient comment tous ces héros de roman pour résoudre l'insolvable ? Elle s'arrêta sur le bas-côté et appela l'unité de recherche interrégionale, histoire d'être certaine de pas être passée à côté de quelque chose.

Elle comprit en raccrochant que personne ne s'était manifesté et que ses collègues de Lille avaient d'autres chats à fouetter.

Chapitre XIV

26 mars 2019, 10 heures 35.

Une semaine était passée depuis cette opération de surveillance grandiose sur l'autoroute. Absolument rien n'avait bougé dans le dossier de Léonie.

Ce n'est pas qu'elle ne pensait plus à la gamine mais rien ne lui avait permis d'avancer et, cerise sur le pompon, le commissaire Combeferre l'avait reçue en entretien pour la notation annuelle. Il avait commencé son entrevue en lui disant ne pas tenir compte des énervements des jours derniers, qu'il mettait sur le compte de son investissement. D'une façon générale, elle était bien vue, comme absolument tous ses collègues. Combeferre notait chaque année tout le monde de la même façon, comme ça, il n'y avait pas de jaloux.

Dans le classement du patron, il n'y avait pas de super flics ou de fainéants. Tout le monde était logé à la même enseigne. Qu'on soit superflics ou fainéants, justement.

Du coup, pour les promotions, le flou artistique s'appliquait. Ça faisait quatre ans qu'elle postulait et ça faisait quatre ans que, systématiquement, elle était écartée du tableau d'avancement. Un jour peut-être partirait-elle chercher son galon en région parisienne, quand les enfants seraient plus grands. Pour l'instant, elle regardait d'un œil, un peu étonnée quand même, les collègues qui lui passaient devant chaque année. Combeferre lui avait laissé entendre qu'il songeait à la mettre en tête de liste pour le prochain galon de major. Elle avait rapidement déchanté de son entretien lorsqu'elle s'était aperçue que le commissaire avait tenu le même discours à tout le monde. Même entretien, même notation, drôle de management le petit monde de Combeferre tout de même !

Mais ça, ce n'était pas grave, elle n'allait pas tomber en dépression pour cinquante balles de plus par mois.

Elle avait la tête dans un tableau de statistiques que lui demandait la hiérarchie et qu'elle remplissait nonchalamment lorsque Marc lui téléphona.

— Bonjour Marc, comment allez-vous ?

— Bien, bien… Écoutez, je viens de faire le tour de mes petites bricoles sur l'autoroute.

Quelque chose commença à lui monter dans le ventre, doucement, chaudement.

— Il y a eu un passage !

— Quand ça ?

— J'ai placé mes ficelles la semaine dernière et aujourd'hui, je me suis tapé la remontée de l'A16 sur Amiens. C'est entre la semaine dernière et aujourd'hui, je ne peux pas vous en dire plus. Par contre, je peux vous dire où.

— Allez-y, je suis toute ouïe.

— L'entrée se fait à la première vois d'accès de service, après Amblainville. Et la sortie se fait à Noiremont. Toutes les autres ficelles sont restées en place. Je ne pense pas que ce soit un hasard.

— Vous êtes sûr que ce ne sont pas les services de secours qui sont intervenus ?

— Certain. J'ai regardé les registres Sanef. Ce n'est pas nous. Et j'ai eu mon pote du peloton d'autoroute : ils n'ont pas sorti la clef la semaine dernière. Il y a quelqu'un qui a ouvert les barrières et ce n'est pas la Sanef ni les gendarmes.

— Vous êtes où, là ? demanda Léonie.

— Chez moi, je suis en repos. J'essaye de pas trop me taper ce genre de relevé sur mon temps de travail.

— OK, on peut se voir rapidement ?

— Tout de suite si vous voulez.

— Vous pouvez me rejoindre à l'aéroport ?

— J'y suis dans un quart d'heure.

— C'est bon pour moi, à tout de suite, termina Léonie.

Elle raccrocha.

Si ça ce n'est pas une avancée..., se dit-elle.

Vingt minutes plus tard, Marc était installé en face d'elle, une tasse de café à la main. Il lui expliqua qu'il avait posé ses repères le 17 mars dernier. Il n'avait pas pu regarder chaque jour les barrières mais il avait décidé hier, sur son premier jour de repos, de refaire son parcours et de lever ses collets. Dès le premier, il avait constaté que le ruban était arraché. Il s'était tapé toutes les voies d'accès jusqu'à celle avant Noiremont. Il expliqua à Léonie qui suivait au mètre près son parcours sur Google Maps les deux endroits où les rubans avaient été arrachés.

— Vous en avez fait quoi de vos rubans du coup ? demanda la policière.

— Je ne savais pas trop quoi faire alors j'ai laissé comme ça mais, je peux les remettre dès aujourd'hui.

Léonie pris le temps de réfléchir quelques minutes.

En procédure, rien de tout ça ne pouvait entrer. On n'était pas dans l'illégalité mais aucun magistrat ne pourrait tolérer des moyens aussi peu cadrés. Si un jour, par miracle, l'affaire arrivait devant un tribunal, le plus mauvais des avocats torpillerait le dossier en long, en large et en travers.

Elle marchait sur des œufs et il ne fallait pas casser le mince fil qui lui permettait d'avancer.

— Dans un premier temps, on va se tutoyer si ça ne te dérange pas. Ensuite, si ça ne te dérange toujours pas, il faudrait que tu retournes tout remettre en place. Dès que tu pourras, même quand tu bosses, tu regardes s'il y a eu des passages. Dès que tu t'aperçois d'un passage, tu m'appelles. T'es d'accord ?

— À cent pour cent.

— On va essayer de regarder ces deux points là tous les jours. Si un jour tu ne peux pas y aller, tu m'appelles, c'est moi qui irai.

— C'est légal tout ça ?

— Ce n'est pas illégal mais ce n'est pas un moyen de preuve extraordinaire. Je ne peux pas le faire entrer dans ma procédure. Et puis, si j'y attache autant d'importance, c'est qu'on n'a rien d'autre à quoi se raccrocher. Ça n'est peut-être rien, juste un type qui a trouvé un moyen de ne pas payer l'autoroute et ça n'a rien à voir avec notre histoire. Mais on n'a rien d'autre et il faut aller au bout de cette piste-là, quoi qu'il arrive.

Marc restait muet. Il ne savait pas trop quoi dire et surtout, tutoyer la policière le gênait terriblement.

— Bon, ben je vais y aller alors, avança-t-il.

— T'oublies pas, si pour une raison ou une autre, tu ne peux pas vérifier les deux points tu me le dis, c'est moi qui irai.

— Et les autres points, on laisse tomber ?

— Non, si on peut, on les vérifie mais si on ne peut pas, on se concentre sur les deux d'hier. J'imagine bien que tu pourras plus facilement t'arrêter pour pisser sur deux points que sur la cinquantaine de l'autoroute. Hervé trouverait ça louche et t'enverrait consulter pour ta prostate.

Marc sourit. Effectivement, il n'allait pas se taper tous les points d'accès tous les jours mais les deux-là, ça lui semblait jouable.

Léonie le raccompagna en lui expliquant ce qu'elle allait faire. Elle prit la Twingo du service et se rendit au point supposé d'entrée.

Elle suivit l'autoroute jusqu'à Méru puis gagna la route départementale 923 en direction de Villeneuve-les-Sablons. Elle s'arrêta, quelques kilomètres plus loin, sur cette allée bitumée qu'on appelait accès de service. Il n'y avait rien autour.

À cet endroit, l'autoroute passait au-dessus de la départementale et l'entrée de la voie d'accès était au moins à cent mètres du pont. Loin de tout, au milieu d'une sorte de champ de fougères géantes qui en masquait à moitié l'entrée.

Des fougères en mars ? C'est quoi ces plantes ? se demanda Léonie.

Mais sa soudaine passion pour les fougères géantes s'arrêta là. Elle s'engagea dans l'allée et s'arrêta à la barrière. Marc n'était pas encore passé et son ruban n'était pas remis en place.

La barrière était bien fermée à clefs. Pas de problème de ce côté-là. En face, un champ et elle apercevait les premières maisons d'un village tout au loin.

C'était donc par-là, que la gratuité pouvait commencer si on avait la clef de l'autoroute. Direction le nord. Depuis Paris, il fallait simplement sortir avant la barrière de péage d'Amblainville et rouler sept kilomètres dans la campagne. Elle regarda de plus près son GPS et remarqua qu'on n'était pas obligé de passer par Méru. Méru, c'était tout sauf une petite bourgade paisible du sud de l'Oise. Les gendarmes avaient fort à faire avec les petites frappes locales et ça contrôlait quand même assez fréquemment dans le coin. Mais à y regarder de plus près, vu que l'itinéraire ne passait pas dans Méru et que c'était une petite route tranquille, sans grand rond-point et loin des grands axes, ça pouvait le faire. Elle se demanda si l'installation d'une caméra pourrait être possible ici. Il n'y avait pas de point haut. Elle n'était pas experte en pose de caméra mais ça avait l'air compliqué.

Elle recula, prit des photos de l'ensemble puis partit direction Noirémont.

Elle parcourut les quatre-vingts kilomètres en un peu plus d'une heure et arriva à l'accès de service supposé de sortie de l'A16.

Ce n'était plus le même décor ici. Autant du côté de Méru, on était au milieu des champs mais il y avait des petites villes jamais très loin. Ça se sentait aux fils et aux pylônes électriques qui avaient poussé presque partout. Autant ici, on était loin de tout, on le sentait aussi.

Quelque part, c'était l'endroit rêvé pour sortir de l'autoroute et s'enfoncer dans un désert.

Une sorte de désert rural, loin de la grande ville et de l'agitation. Seules les éoliennes visibles au loin et l'autoroute tout près nous ramenaient dans ce siècle.

Les gendarmes ici doivent pas être autant sollicités qu'à Méru, pensa-t-elle. *Par où ont-ils bien pu passer ?*

Elle chercha du regard un détail. Le genre de détail qui vous tire un peu plus loin. Rien, il n'y avait rien à part la petite route qui l'avait amenée ici. Au bout de la petite route, elle retomba sur la RD 1001 qui reliait Beauvais à Amiens.

En face, un chemin de terre agricole défoncé qui escaladait un talus avant de se perdre sur le plateau picard.

Une semaine auparavant, elle était passé pas loin en revenant de son périple d'avec les manouches. Les villages les plus proches étaient donc Noirémont à gauche et à sa droite elle savait qu'il y avait Froissy.

Elle prit une pièce de monnaie et tira à pile ou face. Pile, je vais à Noirémont, face, à Froissy.

Pile... Elle se rendit donc à Noirémont et posa sa voiture près de l'église.

L'église dans un village en était souvent le point central. Le village était calme et typique des villages du plateau picard. Tout en longueur. Il était à une vingtaine de kilomètres au nord de Beauvais. Les maisons étaient encore alignées sur la rue principale. Pas vraiment de dent creuse, comme on disait. Ça avait encore l'aspect du siècle dernier. Elle marcha doucement en se disant que, peut-être, les parents de Neïma étaient là. Dans l'une des granges du fond des cours.

Elle chercha du regard une petite vieille ou un petit vieux à sa fenêtre. Quand elle était môme, au coin de sa rue, il y en avait une qui donnait l'impression d'être posée, du matin au soir, à sa fenêtre. Peu importe la température, elle était toujours ouverte. Certes, c'était il y a quarante ans et dans un autre village, mais qui sait ?

Elle ne trouva personne aux fenêtres. Et puis, qu'est-ce qu'elle aurait bien pu demander au juste. Elle n'était pas sûre du tout que ça se passait ici.

Elle continua à flâner dans les rues, juste pour prendre la température. Noirémont n'était pas très grand et elle en eut vite fait le tour. Elle regagna l'église et sa voiture. Elle repartit à l'accès de service. Elle regarda de nouveau, en silence. Longtemps.

Il y avait quelque chose qui lui disait que c'était ça. Un truc totalement indéfinissable qui lui murmurait : « C'est bon Léonie, t'as compris comment fonctionne ton histoire. T'as compris comment le type qui a perdu Neïma sur l'autoroute joue. Et maintenant, tu vas le baiser ! »

Chapitre XV

8 avril 2019, 11 heures 30.

Treize jours.

Treize jours que rien ne s'était passé. Treize jours que Marc s'arrêtait presque tous les jours sur les mêmes accès de service. Ceux où il avait découvert qu'ils avaient été utilisés de façon non officielle. Sur les treize jours, il y en avait quatre où il n'y était pas allé. Trois parce qu'il était en repos et un où il avait été dépêché sur un accident de la route qui lui avait pris l'intégralité de sa vacation.

Ces quatre jours-là, Léonie s'était chargée d'aller surveiller les pièges. Sans succès.

Marc avait un petit pincement au cœur quand il arrivait sur les accès de service en question. Il s'attendait toujours à prendre en flagrant délit de passage une camionnette blanche, chargée de migrants.

À chaque fois, il était un peu déçu et rassuré en même temps de ne tomber sur personne.

Et puis treize jours, ça faisait long. La tension retombait un peu. L'intérêt aussi. Lui, il n'avait pas eu de nouvelles de la petite fille dans le carton. Il avait eu l'occasion d'en parler avec la fliquette, mais elle n'allait pas lui raconter l'histoire indéfiniment. Il savait qu'elle allait mieux depuis qu'elle avait vu Fatima, depuis qu'elle avait rencontré une femme parlant sa langue, capable de la comprendre. Léonie lui avait dit que la petite avait beaucoup pleuré et que maintenant elle demandait souvent le moment où l'on viendrait la chercher. Marc aurait aimé la revoir, la regarder.

Léonie ne lui avait rien promis mais elle essayait d'organiser une rencontre. Elle n'était pas pressée en tout cas parce que depuis quelque temps, ils n'échangeaient plus que par SMS, mode de communication qui rendait compliquée, quelquefois, la communication.

Cerise sur le gâteau, à force de s'arrêter toujours aux mêmes accès de service, Hervé avait commencé à se poser des questions.

— Tu branles quoi, mec ?

— Comment ça ? avait répondu Marc ce matin-là.

— Tu rigoles, tu t'arrêtes toujours pour pisser aux mêmes endroits. À chaque vacation, tu nous fais la même.

— T'es trop jeune pour comprendre mais la prostate commence à me démanger. Faut que je m'arrête souvent, plaisanta Marc.

— Exactement aux mêmes endroits et à chaque fois que l'on est en patrouille ?

Effectivement, ça faisait peut-être beaucoup pour Hervé. Combien de temps Marc allait-il encore réussir à tenir sur le dos de sa prostate ? Ce n'était juste pas possible de mentir aussi maladroitement. Même un enfant de dix ans le verrait.

Après un silence, Marc tenta de relancer la conversation sur un autre sujet.

— Au fait, la nana de la police, cette Léonie ?!? attaqua-t-il.

— Qu'est-ce qu'elle a ?

— Vous vous connaissez d'où ?

Hervé souriait.

— Ah oui, c'est vrai, je ne t'ai pas raconté. Alors t'enflamme pas, c'est une histoire toute bête mais marrante.

— Vas-y, j'adore les histoires toutes bêtes mais marrantes.

— Eh bien, Léonie et moi, on a été dans le même lycée. On est de la même année en fait. On a fait tout notre lycée ensemble mais on n'a jamais été dans la même classe. On ne fréquentait pas les mêmes personnes et on ne se parlait pas trop. Moi, je suis sorti pendant quasiment toute ma première et terminale avec une fille. Alors, autant elle était mignonne, autant elle avait vraiment un problème. C'était une fille qui ne supportait pas trop la contradiction. Dès que tu lui balançais un truc qu'elle n'aimait pas, elle se mettait dans des états pas possibles. Je pense, avec le recul, qu'elle était folle. Alors moi, ça ne me dérangeait pas trop vu qu'on était ensemble au lycée ou sur Beauvais mais qu'on ne se voyait quasiment pas le week-end.

Marc le regarda, étonné.

— Ben ouais mec, elle habitait du côté de Formerie, dans un village paumé. Moi, j'habitais à côté de Méru, avec ma mobylette bridée, je mettais plus d'une heure pour aller la voir. C'était super chiant. Elle ne venait jamais chez moi, c'est toujours moi qui allais chez elle. En plus, on ne baisait pas, lâcha-t-il d'un air dépité.

Ils rirent.

— Alors au bout d'un moment, j'en ai eu un peu marre que ce soit toujours moi qui fasse le trajet et je le lui ai dit. Je voulais la dégager depuis un moment et j'en ai profité. Elle m'a fait une putain de scène d'hystérie et on s'est séparés. On se recroisait souvent, forcément, mais on s'évitait. Enfin, moi je faisais tout pour l'éviter... Ça, ça devait être un mois avant le bac. Et puis, juste après la dernière épreuve, j'ai été invité par le pote d'un pote dans une teuf. On attendait les résultats et je m'étais promis de bien en profiter parce que je n'étais pas trop sûr de l'avoir. Léonie était là, et par le biais de connaissance commune, on a commencé à discuter. On ne se connaissait pas et on a bien accroché tous les deux. Je me souviens, on buvait des bières sur le bord d'un petit muret sur la terrasse du type chez qui on était. Au bout d'un moment, on est sortis ensemble. On a dû se rouler trois ou quatre galoches pendant dix minutes et puis mon ex-copine est arrivée.

De nouveau, il rit assez fort.

— Mais quelle conne, je te jure. Y a quelqu'un dans la teuf qui avait été la prévenir que je sortais avec une autre nana et elle est venue voir. Elle a commencé à nous hurler dessus, je te promets j'ai cru qu'elle allait exploser, tellement elle était rouge. Elle est arrivée vers Léonie et comme je pensais qu'elle allait lui en mettre une, je me suis interposé. C'est moi qui me suis pris la gifle qui lui était destinée et à partir de là, c'est parti en couille. Elle m'a gueulé dessus pendant vingt minutes et puis elle s'est barrée en hurlant qu'elle allait se foutre en l'air. Avec des potes, on a été obligés d'appeler ses parents. Quand tout s'est calmé, je suis revenu dans la teuf mais Léonie était déjà partie avec ses copines. Je suis resté à boire des bières comme un con.

— C'est tout, t'as pas essayé de la revoir ?

— Vaguement. J'ai été convoqué pour le rattrapage du bac et j'ai dû bosser pendant quinze jours avec interdiction de sortir par mes parents. Quand j'ai eu les résultats, je suis parti en camping avec mes vieux dans le Sud et quand je suis revenu dans le coin, c'est elle qui était en vacances. À la rentrée, je sais qu'elle est partie à la faculté d'Amiens et moi, je suis parti faire mon service militaire à Tours. On ne s'était jamais revu depuis...

Il réfléchit quelques secondes.

— Plus de vingt ans...

— Et elle a changé ? demanda Marc.

— Pas trop, non. Elle a un peu plus de poitrine et elle a toujours un beau cul. Elle m'a dit qu'elle avait eu deux enfants. Par rapport à des copines à moi qui ont pris trente kilos au moment de leurs grossesses et qui ne les ont jamais perdus, elle n'a pas trop morflé.

Ils continuèrent à parler de leurs exploits de jeunesse durant le reste de leur service. Marc avait réussi à focaliser l'attention de son collègue sur autre chose mais il n'allait pas réussir la chose tous les jours.

*

Léonie venait de mettre fin à la garde à vue d'un Pakistanais qui s'était fait interpeller avec de faux papiers lorsque le téléphone sonna. C'était le Capitaine de l'unité interrégionale. Sa voix trahissait une certaine gêne, Léonie le sentit dès le début.

— Léonie, je n'ai pas forcément de bonnes nouvelles pour toi. Enfin, comme je te connais ce ne sont pas de bonnes nouvelles.

— Oh non Laurent, je n'aime pas ça. Tu vas m'annoncer quoi ?

— Disons que je sais que tu es investie dans cette histoire...

Il y eut un blanc et Laurent, l'adjoint du commandant de l'unité interrégionale, enchaîna.

— L'un des gars du groupe a eu un coup de fil cette semaine. C'était un médecin anglais d'origine syrienne. Un type qui est arrivé en Angleterre par un réseau il y a trois ans et qui a voulu faire venir sa sœur, son beau-frère et leurs deux enfants par le même réseau.

Léonie écoutait et essayait de voir où ça allait l'emmener.

— Léonie, notre collègue a les dents longues, très longues même. Il a rapidement compris de quoi son interlocuteur voulait parler. Il a tout fait dans mon dos, je te promets que je n'aurais pas fait comme ça.

— C'est-à-dire ?

— Le médecin syrien était en contact avec sa sœur et son beau-frère depuis leur arrivée en Europe via l'Italie grâce à un téléphone portable. Ils sont arrivés à Vintimille et ils ont pris le train jusqu'à Paris. Comme des grands. Là, la famille était seule et un des passeurs devait les réceptionner. Une fois arrivés dans la capitale, son beau-frère lui a dit qu'ils n'avaient pas trouvé le contact mais qu'ils avaient trouvé un moyen d'aller à Calais.

— Le passeur n'était pas avec eux ?

— Non, vraisemblablement comme beaucoup de réseaux aujourd'hui, les types misent sur le fait que les candidats à l'Angleterre se déplacent tout seuls en France. Ils leur fournissent une explication sur les meilleurs moyens de déplacement et ils leur donnent une destination finale. Ils surveillent de loin, voyagent à part. À Paris, un des hommes de ce réseau devait être là et les guider de loin jusqu'à Calais mais ce con a été interpellé en se rendant à la gare sur un banal contrôle routier, son permis n'était plus valable. On a eu la confirmation. Du coup, le père, au lieu d'appeler le numéro du responsable de réseau ou de son beau-frère a essayé de se rendre lui-même à Calais. Je ne sais pas comment il a fait, mais il y est arrivé. Ensuite, mon collègue a pris beaucoup d'initiatives en cette période de notation et de promotion...

— Et ?

— Il a balancé un mail au médecin avec la photo de la petite de l'autoroute et il l'a reconnue comme étant sa nièce. Il a donc récupéré le numéro de téléphone du père et il l'a fait borner. Le téléphone, ce jour-là, a fait péter toutes les bornes de Paris gare du nord, en passant par la Porte de la Chapelle où il est resté pendant au moins quatre heures, puis la borne de Froissy. Le téléphone est resté une heure trente-trois sur place, ensuite il est reparti jusqu'à Calais. Et vu qu'à Calais, la dernière borne à géolocaliser est à proximité d'un camp de migrants, mon collègue et son groupe sont partis ce matin pour trouver la famille.

— Mais c'est plutôt pas mal ça, ce n'est pas une mauvaise nouvelle du tout, répondit, presque soulagée, Léonie.

— Attends cocotte, le hic arrive. Comme je te le disais, mon collègue est le chef d'un groupe un peu à la ramasse en termes de chiffres cette année. La semaine dernière, il a commencé à fureter au niveau du passeur qui ne s'est pas présenté pour récupérer la famille. Il a établi que le mec s'est fait arrêter par les collègues du Xe arrondissement à Paris parce que son permis n'était plus valide. Le type a passé quelques heures en garde à vue et il a été relâché. Comme maintenant il est identifié et qu'on a pas mal de billes pour établir que c'est un passeur, mon collègue a voulu récupérer ton affaire pour qu'elle rentre dans ses statistiques. Il est allé voir la directrice et lui a fait un joli compte rendu. Des recherches ont été entreprises sur les camps de migrants mais elles sont restées vaines.

Laurent cherchait ses mots.

— Bon, Léonie, tu es officiellement dessaisie du dossier et l'oncle est venu récupérer sa nièce avec l'accord du parquet avant-hier.

— Quoi ? hurla Léonie, c'est une blague ? Tu me préviens qu'aujourd'hui ? C'est moi qui étais chargée de cette affaire.

— Léonie, je rentre de congés ce matin, la coupa Laurent, et je viens d'apprendre l'intégralité de l'histoire. Mon collègue a tout fait dans mon dos. C'est un crevard qui a voulu se faire mousser. Vu qu'il est certain de sortir sa filière et la prendre pour son groupe au niveau des chiffres, il nous l'a tous joué à l'envers. La directrice a donné son accord. Pour la côtoyer tous les jours, elle ne reviendra pas dessus. L'affaire monte à Lille. Je suis désolé. Ton patron n'est pas encore au courant. Je voulais que tu sois la première à le savoir.

— Mais les parents de Neïma, ça reste sa priorité au moins ?

— Je n'en suis même pas sûr. Il voit surtout le fait de pouvoir remonter le réseau de passeurs, le reste, il s'en fout un peu, surtout que la gamine a été récupérée par de la famille. Il est allé au camp ce matin, il n'a rien trouvé. Point barre.

Léonie ne sut pas vraiment quoi dire, ni comment réagir. Elle n'avait pas envie de se prendre la tête avec son interlocuteur qui n'avait rien à voir dans cette histoire. Le collègue dont il parlait, elle en avait déjà croisé plein dès comme lui.

— Ce n'est pas jouable de nous co-saisir ? Il s'occupe de sa putain de filière et moi je vois ce qu'il est arrivé aux parents de la gamine ? C'est important quand même non ? Ça ne vous chagrine pas un peu à Lille qu'ils aient disparu de la circulation comme ça ? Surtout que maintenant, on sait que le père avait un téléphone.

— Je vais être direct mais je ne crois pas que ça chagrine grand monde ici. La gamine a retrouvé une partie de sa famille, on a un réseau à démanteler. Le reste n'est que lettre à écrire Léonie. Les stats et les primes nous font voir le boulot bien différemment d'il y a quinze ans encore.

Après quelques instants de silence, Léonie répondit.

— Ce n'est pas pour ça que j'ai passé le concours Laurent, tu sais.

— Je sais Léonie, je sais... Moi non plus.

Chapitre XVI

9 avril 2019, 8 heures 40.

Léonie était assise sur son canapé. Les enfants étaient partis à l'école et son mari, au boulot.

Elle ruminait ses pensées, comme une vache l'herbe qu'elle vient de brouter. Elle mit au propre l'intégralité des faits nouveaux que son collègue lui avait fournis.

Le chauffeur était entré et sorti de l'autoroute de façon clandestine, par les accès de service. Ça, elle en était sûre. Visiblement, à Lille, ils s'en foutaient de cette particularité. Le collègue de Laurent n'en avait rien à battre. Il était resté sur le même secteur pendant environ une heure et demie. La borne de Froissy couvrait trois kilomètres carrés environ. Dans ce secteur, il y avait Noirémont forcément, mais bien d'autres villages aussi. La sortie de l'autoroute se faisait à Noirémont mais rien n'indiquait que la pause avait eu lieu là-bas.

Le chauffeur aurait très bien pu rouler dans ce même secteur pendant une heure trente, la géolocalisation n'aurait pas réagi autrement.

Ensuite, il était parti à Calais en prenant les routes secondaires. Et en évitant soigneusement les villes d'importance et même les gros villages. Pour éviter quoi ? Les caméras et les contrôles ? Pourquoi pas. Mais Léonie n'adhérait pas à cette hypothèse.

Si le type s'embarque sur l'A16 par les accès de service et sort à Noirémont pour faire une pause dans le secteur, c'est qu'il y a une raison.

Léonie avait à ce moment-là, l'une des chaussures de sa fille dans la main. Comment cette chaussure était arrivée là, elle ne savait plus mais elle l'observait depuis un bon moment, tout en pensant à la raison de cette pause. Cette chaussure. Cette pause d'une heure trente.

À pied !

Tout le monde descend dans un endroit et ensuite on repart à Calais.

Pourquoi ?

Elle enquêtait sur les réseaux de passeurs depuis pas mal de temps déjà et jamais ce mode opératoire ne s'était fait connaître.

Les passeurs aimaient la vitesse et la discrétion. Comme tous les trafiquants. Ils n'auraient jamais laissé cette gamine sur la route. Ils auraient tout fait pour la récupérer.

Sauf...

La chaussure continuait de magnétiser l'attention de Léonie qui ne vit, ni n'entendit la sonnerie de son portable à ce moment-là.

Sauf si ce n'est pas un passeur.

— Oui, continue ma vieille, dit-elle tout haut, ça vient.

L'idée est là, en train de germer.

Si c'est un mec qui n'a rien à voir avec les passeurs et qui a embarqué, volontairement ou pas, cette famille.

Ça remontait à la surface, la graine allait percer la croûte terrestre, voir la lumière.

Un type qui, pour une raison ou une autre, a découvert une combine pour ne pas payer l'autoroute et se retrouve avec des migrants dans son camion.

Il fait ce qu'il a à faire dans ce périmètre et va ensuite mener la petite famille à Calais.

La graine n'arrivait pas à voir la lumière, un truc clochait.

— Mais alors, pourquoi les parents de Neïma ne se manifestent-ils pas ?

Ils ne veulent pas ? Peu probable, ils ne l'auraient pas emmenée dans leur périple pour la laisser sur le bord d'une route en France.

— Ils ne peuvent pas ? Pourquoi ne pourraient-ils pas ? Prisonniers ? pourquoi les retenir prisonniers ? Morts ? À ce moment-là, l'image très nette d'une graine atteignant la lumière se dressa dans les yeux de Léonie qui sursauta en entendant arriver un SMS.

Un frisson lui monta dans le dos. Elle se saisit du portable et vit que Marc l'avait appelée trois fois de suite pendant sa rêverie.

« Rien à signaler », indiquait le texto.

Elle se redressa. Elle composa son numéro mais il ne décrochait plus.

Le type était là. Pas loin. Il ne se souciait même pas du fait d'avoir lâché une gamine sur l'asphalte. Il continuait tranquillement.

Mais merde, il n'avait pas pu s'arrêter où quoi ? N'importe qui ne serait jamais repassé deux fois au même endroit après cette histoire.

Il fallait qu'elle se calme.

Lorsqu'elle était adolescente, son père, qui faisait alors partie d'une association, lui avait raconté que l'un des membres se servait du minitel pour faire des numéros coquins.

36-15 ULLA s'illumina dans son esprit et elle sourit à cette évocation d'une autre époque ou un simple minitel arrivait à faire fantasmer le quidam moyen alors qu'aujourd'hui, n'importe quel gosse de onze ans pouvait quasiment voir l'intérieur du sexe d'une femme.

Le hic, c'était que ces numéros étaient surtaxés et que ce mystérieux pornographe avait grevé le budget de cette petite association. Léonie avait alors pris tous les relevés de téléphone et avait listé les heures de connexion. Elle avait expliqué à son père que l'homme qui se connectait au Minitel le faisait uniquement les jeudis et vendredis soir entre 20 heures et 22 heures et qu'il suffisait de surveiller pour le pincer.

Son père avait évoqué l'idée au président qui s'était chargé lui-même de la surveillance.

Ça n'avait pas manqué, le gars s'était fait attraper la main dans le sac. Ce n'était pas un mauvais bougre, il était curieux et s'était laissé prendre au jeu. Il venait sur ces créneaux-là car sa femme bossait à l'usine de soirée, les jeudis et vendredis.

C'est ce souvenir qui venait de surgir des profondeurs du passé à Léonie.

Elle avait deux dates, elle pouvait peut-être refaire la même chose.

Elle prit un dessin que son fils lui avait fait la veille. C'était une maison avec un soleil vert et des fleurs mauves.

Comme elle avait le cerveau en fusion, elle sacrifia cette preuve d'amour pour la beauté de son métier.

Elle retourna la feuille et inscrivit :

Premier passage : 1er mars, entre 6 et 7 heures du matin.

Deuxième passage : entre le 17 et le 26 mars.

Tout était trop vague, pas de point commun entre les deux passages.

Ce n'était pas certain, mais Léonie se disait que les passages devaient se faire dans l'obscurité. La nuit était propice pour ouvrir tranquillement une barrière et la refermer. Ça prend une minute et ce n'est pas une heure de grande circulation sur l'A16.

Ça pouvait être ça, mais rien n'était certain.

Et puis concernant Neïma, elle savait maintenant que la première borne téléphonique s'était déclenchée sur le secteur de la gare du nord puis il y avait eu une pause sur la Porte de la Chapelle.

Avec les informations de son collègue de Lille, elle essaya de revivre la façon dont avaient pu se dérouler les choses en ce début mars.

La famille de Neïma était arrivée par le train de Vintimille à la Gare de Lyon. Là, après avoir rejoint la gare du Nord en métro, le père n'avait pu que constater que le passeur était absent. Il avait emmené sa petite famille avec lui et certainement après avoir erré dans le nord de la capitale, s'était retrouvé du côté de la Porte de la Chapelle, sorte de nouvelle cour des miracles parisienne.

Il avait réussi à se débrouiller pour trouver quelqu'un qui allait à Calais, prévenu son frère en Angleterre puis embarqué pour Calais via Froissy. Sur le secteur de Froissy, il y avait eu cette pause d'une heure et demie puis départ pour Calais.

S'étaient-ils arrêtés pour essayer de récupérer Neïma ? Certainement. Ça devait être ça la pause, ils avaient essayé de récupérer la gamine. Dans quelles conditions un père ou une mère de famille auraient-ils accepté de repartir sans leur fille ?

Et s'il y avait eu un problème et que la situation avait dégénéré ? À quel point aurait-elle pu dégénérer d'ailleurs ?

Quelque chose de capital s'était passé dans le secteur de Froissy, à la sortie Noirémont. Il fallait maintenant trouver quoi.

Remplie de cette certitude que c'était là-bas que s'était joué un élément capital dans cette histoire, elle se leva, enfourcha son vélo et alla bosser en se promettant de retourner dans le secteur et de ne rien lâcher sur les recherches.

*

Le lendemain matin, Léonie et Marc étaient sur l'autoroute. Léonie commençait à 9 heures et Marc ne travaillait pas. Il était 6 heures 30.

Léonie avait proposé à Marc de se retrouver pour faire le point sur cette histoire directement sur l'autoroute. Histoire de faire quelques allers-retours et de discuter.

Ils se retrouvèrent donc dans la voiture de Marc pour réaliser leur réunion mobile. Il pleuvait des trombes ce matin-là. À cinquante à l'heure, Marc avait l'impression qu'un type leur balançait des seaux d'eau sur le pare-brise. Il n'y voyait pas à vingt mètres.

— Putain de temps de merde, pesta-t-il.

Léonie ne faisait pas la fière non plus. Elle n'aimait pas rouler dans ces conditions, même si elle n'était que passagère.

Tout ce qu'ils avaient à se dire avait été dit. Léonie avait avoué à Marc qu'elle avait été dessaisie du dossier et que maintenant tout ce qu'ils feraient, c'était en off. Marc avait mis un peu de temps à comprendre que tout le monde se foutait de cette histoire mais il avait finalement admis que la seule chose qui pouvait occuper le préfet aujourd'hui, c'était le nombre de ronds-points que les gilets jaunes allaient occuper samedi prochain.

Au moment de repasser devant le centre technique pour la deuxième fois, Léonie lança :

— On va jusqu' à Noiremont et on fait demi-tour à Breteuil. On arrêtera là-dessus, ça ne sert à rien de continuer, on n' y voit que dalle.

— Ça marche. Tiens, tant que t'es là, il y a une question qui me tarabusque depuis quelque temps.

— Tarabuste Marc, releva l'officier de police judiciaire.

— Bah, c'est presque pareil. T'avais l'air de connaître Hervé lorsque vous vous êtes rencontrés. Tu me dis si c'est indiscret mais c'est un ancien flirt ?

Léonie éclata de rire.

— Vous êtes vraiment tous les mêmes.

Elle raconta l'histoire qu'il connaissait déjà par la bouche de son coéquipier. Il était un peu déçu, il n'y avait rien de croustillant.

— Ce soir-là, j'ai bien cru que j'allais me faire péter la gueule par l'autre folle, je te jure, riait-elle encore lorsqu'une camionnette blanche passa à grande vitesse à leur gauche.

— Putain mais quel taré ce mec, hurla Marc.

Aucun des deux ne l'avait vu arriver. Aucun des deux ne pouvaient s'imaginer qu'avec ce déluge, un véhicule pourrait les doubler aussi fort. C'est comme si le Kangoo de Marc n'existait pas.

Léonie en avait le souffle coupé. Comment pouvait-on rouler si vite dans de telles conditions ?

Dix secondes venaient de passer. Les deux occupants du Kangoo observaient, au loin, les feux du camion qui disparaissaient dans la pluie.

Marc réagit en premier.

— La camionnette, elle était blanche, non ?

— Vas-y, on le rattrape.

Marc repassa la quatrième mais alors que la voiture était déjà à soixante-dix, ils furent obligés tous les deux de constater qu'aller plus vite était suicidaire.

— On est loin de la sortie Noirémont ?

— À cette vitesse-là, dix minutes peut-être.

— Ça ne veut rien dire mais faut vraiment qu'on en soit certain.

Marc accéléra un peu plus mais les essuie-glaces n'arrivaient plus à remplir correctement leur fonction.

— Laisse tomber la vitesse, dit Léonie.

— Je ne sais pas comment il fait ce type. C'est impossible de dépasser le cinquante.

— Ça tombe, c'est un simple livreur, ajouta-t-elle sans trop y croire.

Qui pouvait rouler aussi vite sur l'autoroute alors que le ciel de Picardie était en train de déverser au sol des gerbes d'eau ? Un livreur prendrait-il autant de risques pour une télévision ou un canapé ? Ça n'était pas possible.

Les essuie-glaces n'étaient jamais allés aussi vite et à ce rythme-là, ils n'allaient pas tarder à rendre l'âme. Léonie scrutait la route en serrant la poignée de la portière passager. Elle ne lâchait pas des yeux l'asphalte en espérant y apercevoir les feux rouges de cette camionnette au loin. Mais jusqu'où son regard était-il capable de porter dans ces conditions dantesques ? Vingt mètres ? Cinquante ?

Marc, lui, était cramponné au volant. Il était peu habitué à pousser son véhicule au-delà de sa zone de confort. Il avait peur de partir en aquaplaning. Les pneus n'étaient pas faits pour avaler autant de flotte. Il suffisait de rencontrer une portion où l'autoroute n'est plus capable d'évacuer cette eau et ils partaient en valse à deux temps contre soit le talus, soit le muret central. Lui aussi était concentré sur la route mais il ne cherchait pas les feux de la camionnette. Il essayait de deviner la bande blanche pour se repérer.

Les torrents qui tombaient sur la tôle des deux mètres cubes de volume du coffre donnaient aux passagers l'impression d'être dans le tambour d'une machine à laver. C'était assourdissant.

— Je ne sais même pas où l'on est, hurla Marc à Léonie au bout d'un moment qui parut une éternité.

À ces mots, Léonie, qui n'avait toujours pas vu la moindre lumière arrière d'un véhicule dans le lointain, enclencha le GPS de son portable. Rapidement, elle indiqua à Marc qu'ils étaient à moins d'un kilomètre de la sortie de Noirémont.

— Ne ralentis surtout pas. S'ils sont en train de sortir de l'autoroute par Noirémont, ils sont peut-être encore en train d'ouvrir la barrière. Faut qu'on les choppe avant qu'ils la referment, indiqua-t-elle Léonie.

À trois-cents mètres de la sortie en question, Marc relâcha l'accélérateur et son automobile s'engagea dans l'accès de service. Il ne voulait surtout pas arriver trop vite, c'était le meilleur moyen d'aller tout droit. Et puis, ils feraient quoi tous les deux, une fois sur place ?

Marc était certes un ancien militaire mais il n'avait jamais vraiment connu ce genre d'intervention sous adrénaline. À l'armée, il était en charge de la sécurité incendie. Il faisait le tour des casernes de la zone de défense nord pour vérifier que les extincteurs étaient aux normes. Ce n'était pas la même chose quand même. Il n'eut pas vraiment le temps de demander à Léonie les instructions, elle était déjà sortie de la voiture.

Elle courait vers la barrière lorsqu'elle disparut du champ de vision de Marc. Trop d'eau. Même à cinq mètres de cette barrière, Léonie avait été happée par la pluie.

Marc sortit lui aussi du véhicule. Il fut surpris par la violence et le poids de l'eau. Ce fut comme si un géant posait un doigt sur chacune de ses épaules et qu'il appuyait dessus. Les premiers pas furent compliqués mais, bientôt, il réussit à se rapprocher de la grille. Léonie était accroupie devant. Elle regardait au sol le fil de pêche que Marc avait posé.

Elle leva les yeux et cria :

— La barrière a été ouverte.

Marc tenta d'ouvrir la grille. Elle était fermée à clef. Il tira fortement et plusieurs fois dessus. Elle ne céda pas.

Léonie se leva et ils regardèrent tous les deux le chemin qui montait vers la RD 1001.

Ils ne virent rien d'autre que les ténèbres et la pluie.

Léonie escalada la grille avec une agilité qui surprit Marc. Il resta planté là, ne sachant pas s'il devait la suivre ou surveiller son Kangoo. Quand il eut acquis la certitude que personne ne viendrait lui voler sa voiture dans ces circonstances, il vit Léonie qui revenait à son point de départ. Elle n'avait pas dû aller loin.

Ils rentrèrent dans le véhicule et Marc poussa le chauffage à fond. Ils étaient trempés. Combien de temps avaient-ils passé dehors ? Moins de cinq minutes.

Marc regardait Léonie qui regardait la grille, comme si elle s'attendait à ce qu'elle s'ouvre.

— C'est un truc de fou. On vient de louper à quelques secondes le type qui a abandonné Neïma sur l'autoroute.

— T'es certaine que c'était le camion ?

— Il y a peu de probabilité que ce soit quelqu'un d'autre. Franchement, ça serait énorme.

Léonie bailla. Elle n'avait pas l'air plus énervé que ça. Marc, lui, était tendu.

— Je ne sais pas comment tu fais pour garder ton calme en ce moment. Je te promets que j'avais l'air bien con à t'attendre de l'autre côté de la grille tout à l'heure. Je ne savais pas si je devais te suivre ou rester là. Imagine que le type t'ait attendue de l'autre côté.

— Arrête, on dirait ma grand-mère. Et puis, je suis déjà allée de l'autre côté le mois dernier quand tu m'as dit qu'il y avait eu un passage. Je voulais voir si je n'arrivais pas à découvrir de quel côté le véhicule était parti.

— Et ?

— Je me suis ramassée dans une flaque de boue et j'ai glissé sur le cul dans le fossé. Je n'ai même pas cherché à aller jusqu'à la route vu le temps que j'ai perdu à remonter.

— Ah mince, fit-il.

— Bon, aujourd'hui je contacte le service interrégional à Lille pour qu'on puisse mettre un dispositif de surveillance digne de ce nom en place. Je vais quand même bien trouver des gens assez motivés dans les Hauts-de-France pour me filer un coup de main.

Marc ne répondit rien. Il jeta un œil sur les sièges et le plancher du véhicule. Tout était trempé.

Léonie comprit ce à quoi pensait Marc. Il avait le réflexe humain de se dire que son Kangoo était en train de perdre de sa valeur.

— Et encore, lui dit-elle en souriant. Attends que je me lève pour vraiment flipper, vu la glissade que je viens de taper dans le fossé, je ne donne pas cher de tes sièges.

Il lui rendit son sourire et redémarra.

Chapitre XVII

10 avril 2019, 8 heures 30.

À 8 heures 30, Léonie était sèche et avait pris une douche salvatrice. Son mari s'était affolé de l'état dans lequel elle était rentrée de son périple. Ne souhaitant pas trop épiloguer sur les passages qu'elle suspectait au niveau des accès de service, elle lui avait simplement dit que son collègue avait crevé sur l'autoroute et qu'il était un peu niais au niveau du changement de roue. Elle l'avait donc changée elle-même.

Elle lui avait aussi indiqué qu'elle était de service alors que tout s'était fait de façon plutôt... borderline. Son mari n'était pas jaloux et n'avait aucune raison de l'être en plus, mais elle préférait éviter que des idées saugrenues lui poussent dans la tête si jamais elle lui disait qu'elle partait hors service avec un type qu'elle ne connaissait pas deux mois auparavant, faire un tour sur l'autoroute. Dans un Kangoo en plus.

À 9 heures, elle était au pied de la tour. Elle regardait un vol en provenance de Slovénie qui atterrissait. Elle essayait de se représenter la meilleure façon d'expliquer au commissaire pourquoi elle avait continué une enquête dont elle était dessaisie et comment, en patrouillant ce matin avec un employé de la Sanef, elle avait failli rattraper un camion dont elle soupçonnait le conducteur de ne pas s'acquitter de son droit de péage et d'avoir certainement oublié la gamine sur l'A16.

Même mis dans l'autre sens, elle voyait d'avance la tête du taulier. Des sourcils froncés, une moue interrogative et les deux doigts sous le menton.

À 10 heures, Combeferre arrivait sur le parking de l'antenne DIPAF de l'Oise. Étant chef de service, il embauchait quand il le voulait. Léonie attendait depuis une heure au pied de l'ancienne tour et retournait son exposé dans tous les sens. Elle le sentait mal. Elle le vit s'approcher et son visage ne lui inspirait rien qui vaille.

À 10 heures 06, il avait les sourcils froncés, une moue interrogative et les deux doigts sous le menton en écoutant son histoire.

À 10 heures 12, Léonie était encore au pied de l'ancienne tour de contrôle. Elle venait de se faire envoyer chier, elle et son enquête. Combeferre l'avait coupée au bout de la cinquième phrase.

— Vous êtes encore saisie de cette histoire, Léonie ?

— Non mais écoutez-moi...

— Non, c'est vous qui allez m'écouter ma grande. Vous êtes dessaisie et c'est l'unité interrégionale qui est en charge de l'affaire. Point barre. Si vous avez un tuyau, vous leur filez et dans les dix minutes qui suivent, vous vous occupez des affaires dont vous êtes saisie. Elles s'accumulent sur votre bureau. Suis-je clair ? Maintenant, vous me laissez tranquille parce que j'ai à faire.

À 10 heures 24, elle contactait Antoine de l'unité interrégionale. Trois minutes plus tard, elle apprenait que leur enquête avançait très bien. Pour le moment, le téléphone du passeur de Paris, celui qui s'était fait interpeller pour son histoire de permis de conduire, avait parlé. Les contacts et l'exploitation de ses appels avaient permis à son collègue, directeur d'enquête (*voleur d'enquête* avait pensé Léonie) d'identifier et d'interpeller sur Calais même trois membres de la filière. Le reste, c'était du vent et l'enquête n'irait pas plus loin. Ce collègue avait ses chiffres et il allait partir à la chasse à d'autres. Il ne reviendrait pas sur cette affaire. Léonie lui avait rappelé que, certes la filière originale était peut-être dans le meilleur des cas, démantelée ou, au pire, mise hors état de nuire pour le moment mais que la question de la gamine et du passage des parents pendant une heure trente environ dans les environs de Froissy n'avait toujours pas été résolue.

Laurent lui avait alors fait remarquer que c'était là un détail et que de toute façon, ses équipes avaient tellement de boulot que ça lui semblait compliqué de travailler autrement.

Il n'avait pas dit ça méchamment mais assez fermement pour que Léonie comprenne bien que ce n'était pas la peine d'en demander beaucoup plus à une unité déjà submergée par le travail.

C'est donc à 10 heures 36 que Léonie comprit que même l'unité interrégionale et son chef se tamponnaient gravement de tout ce qui lui arrivait et de toutes les questions qu'elle se posait.

Chapitre XVIII

25 avril 2019, midi.

Les jours avaient passé.

Autant de journées durant lesquelles Léonie avait été happée par le boulot en surdose que lui donnait Combeferre pour l'inciter à ne s'occuper que de ses affaires. Elle devait, en plus, renforcer les unités du service dont les responsables tombaient comme des mouches en ce début de mois d'avril, fauchés par une recrudescence d'épidémies assez chiantes.

Elle s'était renseignée sur l'achat d'une caméra mais elle était hors budget pour elle toute seule. Les seules caméras à portée de prix étaient trop petites pour que l'on voie quoi que ce soit à plus d'un mètre. Même si Marc avait l'air investi dans cette histoire, elle se voyait mal lui demander trois cents euros.

Bien plus tard, elle appela un magistrat pour voir ce qu'il était possible de faire de bien pour retrouver les parents de la gamine. Il n'en était rien ressorti.

Les mois d'avril sont meurtriers disait le titre d'un film. Celui-ci avait été meurtrier effectivement. Il avait tué le peu de choses que Léonie pouvait espérer des institutions.

Alors le temps passa.

Combien de jours s'écoulèrent entre cette matinée pluvieuse où Léonie et Marc avaient poursuivi un fantôme sur l'autoroute et cette journée radieuse ?

Un mois peut être.

À peu près un mois durant lequel le commissaire Combeferre avait demandé à Léonie de passer à autre chose et de sortir les dossiers en souffrance. Les chiffres étaient un peu moins bons et la prime de commandement et de résultats tombant en juin, c'était mal barré pour son cher chef. Ce n'était pas rien cette prime pour un commissaire. Quatre mille euros. De quoi passer de bonnes vacances. Et comme les primes de juin se dessinaient en avril, celui-ci avait donc, tout naturellement, l'air encore plus terne et maussade que d'habitude. Sa mauvaise humeur irradiait l'ensemble du service. Il mettait la pression à tout le monde. Les collègues du groupe de voie publique devaient ramener un maximum d'étrangers sans titre. Et comme cela devenait prévisible, Antoine, le chef de ce groupe ramenait tous les noirs qui ne pouvaient pas présenter leur papier au moment du contrôle. Quitte à ramener des Français, ça faisait du chiffre. Tout cela, Léonie s'y était un peu habituée. De toute façon, sa tête était à la famille de la gamine. Cette histoire devenait même une obsession tellement elle voulait connaître le fin mot de cette histoire.

En revanche, elle était capable de se foutre totalement du devenir des types qui étaient ramenés au service chaque jour et à qui, pour certains, elle pouvait annoncer un avenir très compromis. Elle avait appris à mettre la poussière sous le tapis.

À midi, ce jour-là donc, elle était à la terrasse d'une brasserie du centre-ville, place Jeanne Hachette. Elle commanda un verre de vin blanc qu'elle but lentement en regardant les environs. Depuis deux jours, le soleil avait fait son grand retour en terre picarde. L'endroit était agréable et elle avait même fait le choix de s'installer à l'extérieur.

Sur les bancs, des lycéens mangeaient leurs sandwiches. Elle se revoyait vingt ans plus tôt, sur cette même place avec ses copines de l'époque, en train de manger elles aussi des sandwiches et de fumer des clopes. Et à mater les mecs aussi…

Elle n'avait jamais vraiment accroché à la cigarette mais aujourd'hui, elle se tapait un verre de vin blanc. Elle continuait à mater les mecs de temps en temps. Juste pour voir.

Elle regardait aussi la statue de Jeanne Hachette, héroïne d'un autre siècle qui avait mis un coup de hache dans la tête d'un Bourguignon, sur les anciens remparts de la ville, du côté de la porte de Bresles. Aujourd'hui, la demoiselle serait allée en prison pour ça.

Lorsqu'elle était lycéenne, ces histoires-là lui passaient bien au-dessus de la tête. En 2019, elle aurait pu passer des journées entières à flâner dans les rues de la ville pour s'imaginer comment la cité avait évolué depuis le siège de 1472.

Elle quitta des yeux la statue pour revenir en direction du verre posé sur la table. Il fallait qu'elle se recentre un peu sur ce qu'elle pouvait faire sur son affaire.

Déjà, Marc n'avait pas répondu à ses appels, ni à ses SMS. Il devait avoir du boulot aussi de son côté. Visiblement, il n'y avait pas eu d'autres passages.

Elle n'arrivait toujours pas à démêler cette histoire et surtout à avoir une conviction sur ce mystérieux chauffeur. Elle savait bien qu'en plus, tout le monde s'en foutait et que c'était le genre de choses qui n'intéressaient qu'elle.

Le centre de l'histoire pour elle, c'étaient les clefs.

Qui s'en servait ?

Un gendarme du peloton ? Si c'était ça, elle pouvait s'accrocher pour enquêter chez les Cruchots. Mission impossible.

La Sanef ? Ça pouvait donner quelque chose finalement.

Elle s'était renseignée sur ce chef de centre, responsable des clefs. Le mec qui puait. Christophe de son prénom.

Ce n'était pas un type tranquille.

Un vol de voiture commis vingt-cinq ans plus tôt. Comme il était mineur et que l'affaire était ancienne, rien de plus n'était marqué sur les fichiers de police.

Des violences conjugales qui avaient failli le mettre au trou pour trois mois en première instance mais, finalement, il s'en était tiré avec du sursis en appel.

Ça, c'était il y a deux ans et il avait divorcé depuis le temps. Il était endetté jusqu'au cou puisque inscrit aux fichiers des créanciers de la Banque de France. Donc, il avait besoin d'argent.

Ça n'en faisait pas un passeur ou un trafiquant en puissance mais un type qui a besoin d'argent, s'il est vraiment pris à la gorge, peut faire n'importe quoi. Il fallait qu'elle en parle à Marc. Il pourrait peut-être l'aider.

Le troisième jeu de clefs ?

L'autre idée qu'il lui fallait creuser était celle du fils Liotard. Elle avait commencé à gratter et assez vite, quelque chose l'avait surprise. L'homme s'était volatilisé. Il n'apparaissait pas sur les réseaux sociaux. Il n'était pas connu des pages blanches ou jaunes.

Elle avait tapé son nom dans les différents moteurs de recherche et les seules réponses qu'elle avait eues étaient relatives à l'avis de décès de son père, vingt ans plus tôt.

En général, internet fait preuve de beaucoup de largesse lorsqu'on y tape un nom accompagné d'un prénom. Un flic y trouve toujours quelque chose à se mettre sous la dent. Des copains d'avant, des souvenirs de l'armée. Là, il n'y avait rien, pas un truc sur ce Guillaume Liotard.

Léonie tiquait un peu parce que d'expérience, elle savait qu'il était impossible de ne pas laisser de traces sur internet. Surtout pour un mec qui n'était pas un prix Nobel, dixit le gendarme Martin.

Même chose du côté du fichier des coordonnées bancaires. Guillaume Liotard ne possédait pas et n'avait jamais possédé de compte en banque

Elle était allée trouver à la sécurité sociale son ancien entraîneur de hand, qui travaillait encore là-bas les deux mois qui lui restait à faire avant sa retraite Elle avait appris que le fils Liotard avait bien un numéro de sécurité social actif. Mais c'est tout.

Son adresse était celle de l'ancien garage de son père à Bresles. Le garage avait fait place depuis bien longtemps à une petite zone commerciale. Pas la peine d'y retourner pour espérer y trouver quoi que ce soit.

Elle avait réussi à savoir que ce Guillaume n'avait jamais eu de carte vitale et que tout le courrier de la sécurité sociale était toujours revenu avec pour mention « N'habite plus à l'adresse indiquée ».

Son ancien entraîneur avait trouvé ce détail très étonnant et en trente ans de carrière, il n'avait jamais vu ça. Pour lui ce n'était pas possible. Le type était probablement mort. Peut-être, mais officiellement il ne l'était pas.

La piste s'arrêtait là, puisque la seule adresse qu'elle avait eue n'existait plus.

Elle avait commencé à imaginer que le gamin soit allé se foutre en l'air quelque part sans que personne n'ait jamais retrouvé le corps. C'était plausible. Si une enquête avait été ouverte pour sa disparition, tout aurait été plus simple. Mais là, vingt ans plus tard...

Elle réessaya d'appeler Marc mais l'appel n'aboutit pas. Il y a trois jours, le téléphone sonnait et la messagerie prenait le relais, au bout de cinq sonneries, mais depuis hier, elle avait la messagerie directement.

Plus de batterie ? panne de portable ? lui en voulait-il de l'avoir laissé tout seul sur l'autoroute durant un court moment lorsqu'elle était de l'autre côté de la grille ? un mot qui serait mal passé lors d'une conversation ? Elle avait beau y réfléchir, tout s'était toujours bien passé entre eux.

Ça devait être un problème de portable. Si d'ici peu, Marc n'avait pas donné de nouvelles, elle appellerait Hervé, l'ancien flirt de lycée dont l'histoire fut incontestablement la plus courte de sa vie.

Comme la piste Christophe ne pouvait pas être exploitée pour le moment, elle se recentra sur celle du môme Liotard.

Elle s'était rendue à l'hôtel des impôts, rue du docteur Gérard, et elle avait parlé avec Lydie, l'ex-femme de son ancien chef de groupe. Elles étaient encore copines sur Facebook mais ne se parlaient que peu en vrai. Comme la majorité de ses contacts sur les réseaux sociaux.

Elle fut reçue et avait donné l'impression à son interlocutrice de la mettre sur la piste d'un gros tueur en série. Il n'y avait que comme ça que ça pouvait marcher. Donner l'impression à cette femme d'être la clef de l'énigme. Ça valut le coup puisqu'au bout d'un quart d'heure autour d'un café, elle eut sa réponse. Guillaume Liotard n'avait jamais déclaré de revenus et n'avait jamais payé l'impôt. Comme du côté de la sécurité sociale, les courriers revenaient avec la même mention « N'habite plus à l'adresse indiquée ». Il était inscrit dans un fichier. Dès qu'il bougerait une oreille, le Fisc irait lui demander des comptes en priorité.

Sauf qu'il n'avait plus bougé ses oreilles depuis vingt ans…

La solution apportée par Lydie fut un peu plus optimiste que celle de la sécurité sociale. Il était certainement parti à l'étranger et s'y était installé. Le pays où il vivait ne collaborait tout simplement pas avec les services fiscaux français.

Cette histoire de fils Liotard, elle aurait aimé en connaître la finalité.

Léonie marchait dans la rue. Elle était, malgré elle, partie se promener du côté des anciens remparts. Elle revenait vers le centre-ville, la tête dans ses chaussures et le pas lent. Plus elle s'éloignait de cette enquête, plus elle s'y intéressait.

Elle avait toujours aimé ce genre d'histoire, celle qui n'intéressait personne. Mais pour le coup, il fallait bien lâcher un peu de mou et se concentrer sur cette gamine.

Elle remonta dans sa tour de contrôle et se promit de se mettre dès le lendemain sur la piste de Christophe, chef de centre à l'odeur alléchante… pour les mouches.

Ce ne fut pas le lendemain, ni le surlendemain, qu'elle put s'atteler à creuser sur ce Christophe, mais le lundi suivant. Il y avait eu tellement de choses à faire, du petit judiciaire, de l'administratif, tellement de paperasse inutile, que le temps passa à la vitesse de l'éclair. Des commandes de son patron qui voulait ci, qui voulait ça. Le lundi matin, elle fit le plein de la voiture du service. Le centre Sanef n'était pas loin de la station-service. Elle en profita, non sans avoir tenté d'appeler Marc, dont le portable ne sonnait toujours pas.

Elle arriva sur le parking vers midi. Peu de voiture y étaient garées. Elle s'avança vers l'entrée principale.

Il n'y a pas beaucoup de voitures ici, remarqua-t-elle. *On n'est pas férié pourtant.*

Elle pénétra dans le bâtiment et fut frappée par l'ambiance feutrée qu'il y régnait. Pas la même que d'habitude.

Elle s'avança vers le centre d'accueil téléphonique, là où les appels des bornes de l'autoroute arrivaient.

Une petite bonne femme d'un mètre cinquante aux cheveux courts la reçut.

— Oui ? demanda-t-elle d'une voix suraiguë.

Léonie se présenta et expliqua qu'elle cherchait à joindre Marc depuis quelques jours.

Elle s'aperçut qu'elle connaissait son prénom mais pas son nom de famille.

C'est con ça, pensa-t-elle.

La petite bonne femme fronça les sourcils devant les explications de Léonie.

Celle-ci décrivit Marc physiquement, histoire d'être sûre qu'elles parlaient bien du même.

— Vous n'êtes pas au courant du coup ?

Léonie répondit du tac au tac, sans même se demander le pourquoi du comment.

— Au courant de quoi ?

— Monsieur Marc Desgourd est décédé la semaine dernière. La quasi-totalité du service est partie à son enterrement, c'est aujourd'hui...

Chapitre XIX

30 avril 2019, 16 heures.

C'était une belle journée de début de printemps. On était le 30 avril et même si la nature n'avait pas encore entamé son cycle de floraison, le simple fait d'avoir un soleil sans nuage au-dessus de la tête et des températures avoisinant les vingt degrés rendaient le trajet agréable. La Twingo du service roulait tranquillement sur l'ex Route nationale 1, qui menait de Beauvais à Amiens.

Dehors il faisait beau, mais dans la petite automobile appartenant à l'État français, Léonie avait le regard triste. Un ouragan s'était abattu sur elle, quelques jours plus tôt. Aurait-elle été plus mal si elle était tombée d'un immeuble de dix étages ? Pas sûr.

Marc était mort. Il s'était suicidé. Il était allé au Cap Blanc Nez, dans le Pas-de-Calais, et s'était laissé choir de tout en haut, pour arriver assez logiquement tout en bas.

Calais. Encore Calais.

Léonie, une fois l'épouvante de cette terrible nouvelle passée, s'était dit que ce n'était pas possible. Elle n'était pas spécialement intime avec lui mais Marc ne pouvait pas avoir fait ça.

Alors, elle avait appelé Hervé, les gendarmes qui avaient ramassé Marc en bas de la falaise. Même Christophe. Tous avaient eu les mêmes mots, les mêmes impressions. Marc n'allait pas très bien depuis la découverte de la gamine sur l'autoroute, au début du mois de mars. Il avait changé. Hervé avait même su qu'il était allé lui-même à Calais pour retrouver la famille de Neïma. Il en était revenu bouleversé. Depuis, il avait un drôle de manège sur certaines voies de services de l'autoroute. Il s'arrêtait tout le temps aux mêmes endroits et semblait vérifier si les barrières étaient bien fermées. Les gendarmes qui avaient mené l'enquête lui avaient certifié qu'il ne pouvait en être autrement. Il s'était suicidé.

Marc, sur l'un de ses jours de repos, était revenu sur Calais et avait laissé sa voiture sur l'un des parkings visiteurs. Il avait envoyé un SMS à sa femme : « Chérie. Dis aux enfants que je les aime de tout mon cœur. Adieu. »

La femme de Marc était allée voir les gendarmes locaux immédiatement, ils avaient géolocalisé le portable et envoyé une patrouille de Calais sur place.

C'est au petit matin, alors que la marée remontait, que le corps avait été aperçu. Aperçu mais pas remonté tout de suite. Les conditions de mer étaient à la houle et il était compliqué de l'approcher. De toute façon, vu l'état d'un corps qui tombe de cent vingt mètres de hauteur à marée basse, sur des rochers, il y avait peu d'espoir de le retrouver en vie avec une simple fracture de la jambe.

Tard le lendemain, les secours purent enfin l'extraire et le récupérer.

L'examen de corps n'avait rien révélé d'anormal, pas de traces de violence, de lésions. Le légiste avait conclu assez facilement que la mort était due à la chute et que les analyses sanguines ne révélaient la présence d'aucun alcool ou d'aucune drogue. Il n'y avait pas eu d'autopsie. Point final.

Le permis d'inhumer avait été délivré par le procureur et l'enterrement avait eu lieu à Lafraye, sur le plateau picard. Pas très loin du secteur de Froissy.

Pour que Léonie digère mieux tout ça, elle se rendait sur sa tombe. Elle voulait voir. S'assurer que tout cela n'était pas qu'un vilain rêve.

Les gravillons du parking du cimetière de Lafraye chantèrent sous la tonne de la voiture. L'endroit était désert. Il était 16 heures 32.

Trouver la tombe fut aisé, tant la montagne de fleurs qui l'inondaient criaient son emplacement.

Elle s'approcha, la gorge nouée, le cœur battant.

Le marbre était invisible sous les fleurs. Seule l'inscription « Marc Desgourd 27 mai 1972- 19 avril 2019 », était visible.

Quel silence ! Au loin, le coq sur le clocher de l'église la regardait, il bougeait lentement de gauche à droite, au gré du vent tiède de cette fin d'après-midi.

Léonie regarda durant de longues minutes ce mont végétal avant d'être surprise par un grincement. Elle se retourna et vit une femme qui ouvrait le portillon métallique, près de l'endroit d'où elle était arrivée. La femme était grande, blonde aux cheveux longs. Elle tenait deux enfants par la main. Elle se dirigeait vers elle.

Léonie regarda une dernière fois la tombe de Marc et fit demi-tour. Elle pria pour que ce ne soit pas la femme et les deux enfants de Marc qui arrivaient.

C'étaient eux, pas de doute possible.

Ils se croisèrent et Léonie les laissa passer en montant légèrement sur le bord d'une tombe.

Elle ne distingua que le regard vague de la plus grande des deux filles. Pas de larmes dans ces beaux yeux bleus, mais quelque chose d'une infinie tristesse. Quelque chose qui l'emmenait dans une vie sans son papa.

Léonie pressa le pas pour atteindre la petite grille en fer qui grinçait. Une boule montait depuis le centre du ventre en passant par l'estomac. Une envie de vomir une colère, une haine, un sentiment qui lui faisait peur. Elle appuya sur le trousseau de clef et les portières de la Twingo se déverrouillèrent à distance. Les derniers mètres, elle les fit presque en courant.

Elle s'engouffra dans le véhicule. Elle n'avait même pas refermé la porte qu'elle se mit à pleurer. Elle pleura tout ce qu'elle pouvait. Il y a longtemps qu'elle n'avait pas pleuré comme ça. C'est à croire que rien ne pouvait l'arrêter de pleurer. Non, elle ne pleurait pas, elle chialait.

Tout ce que ses yeux pouvaient pleurer, elle le sortit en grosses larmes qui s'écrasèrent sur son chemisier. Quelques instants plus tard, elle commença à renifler, comme une môme. Elle se moucha bruyamment mais ne parvint pas à se maîtriser. Rien n'y faisait. Elle pleurait toujours.

Pourtant, elle n'avait pas de raison sérieuse pour envoyer autant de larmes sur son chemisier.

De la tristesse ?

La honte d'avoir échoué ?

Il pouvait y avoir tant de causes à ce chagrin.

Depuis combien de temps pleurait-elle ? Un quart d'heure peut être. Elle s'arrêta nette lorsque la grille s'ouvrit et que la maman et les deux filles sortirent. La mère avait pleuré elle aussi. Moins que Léonie.

Les trois ne la regardèrent pas en passant devant la voiture. Elles passèrent, telles des ombres. Elles avancèrent jusqu'à la route et son passage pour piéton.

Léonie était hypnotisée par ces trois femmes. Elle se demandait si elle avait le droit de pleurer face à leur souffrance. Au moment de traverser, la plus petite des filles se retourna et regarda Léonie droit dans les yeux.

Cela ne dura pas longtemps, quelques secondes, juste avant que sa mère ne l'entraîne par la main de l'autre côté de la route. Mais ce regard furtif suffit à transpercer Léonie de part en part. Comme une flèche.

Regardait-elle la Twingo ou regardait-elle Léonie ? Personne n'aurait pu le dire mais Léonie ne vit que ce regard et ces grands yeux noisette.

Ça servait à quoi tout ça ?

Léonie ne savait toujours pas pourquoi elle avait pleuré mais maintenant elle avait hâte de revoir ses enfants et son mari. Elle avait hâte de les prendre dans ses bras et de leur promettre de faire un puzzle avec eux ce soir.

Elle repartit et fit le trajet inverse. Sur le chemin, beaucoup de choses passèrent dans sa tête. Qu'est-ce que ça pourrait bien faire si elle abandonnait ? Neïma était repartie en Angleterre, elle ne la reverrait plus jamais. Ses parents ? Une de plus à ne pas s'en soucier, ça faisait quoi après tout ? Ça valait la peine de mettre sa santé mentale et physique en jeu pour eux ?

Elle n'avait pas répondu aux questions qu'elle s'était posée mais maintenant, elle savait que tout ça, c'était derrière elle. Elle arrêtait de chercher la solution. Tant pis. Sa hiérarchie, ses collègues avaient finalement raison. Ils avaient gagné. Tout le monde s'en foutait et elle allait s'en foutre aussi maintenant.

Elle allait préparer ses vacances d'été avec sa petite famille. Réserver n'importe quel bungalow dans n'importe quel camping ferait l'affaire. Elle entra dans Beauvais et gagna son bureau. Combeferre la vit pénétrer le couloir et remarqua, sans oser lui demander pourquoi, son visage aux traits tendus ; les yeux encore rouges. Comme les autres, il détourna le regard et fit autre chose.

Elle était très mal et tout le monde s'en foutait. Tant qu'elle n'allait pas se plaindre, personne ne viendrait lui demander quoi que ce soit. Elle le savait. C'était juste comme ça.

Chapitre XX

14 juillet 2019, 12 heures 12.

La cour de l'ancienne abbaye Saint-Quentin, abritant désormais la préfecture du département, s'était parée de ses plus beaux atours. Un immense drapeau tricolore était installé au milieu de la cour d'honneur et des dizaines d'autres, de taille plus modeste, semblaient collés sur les murs.

Absolument partout, du bleu, du blanc et du rouge. Des tables semblaient avoir fleuri dans la cour et supportaient des coupes de champagne et tout ce que la bouche humaine peut contenir de mignardises. Combien y avait-il de bouteilles de champagne ? Combien y avait-il de petits fours ?

Le préfet avait mis les petits plats dans les grands pour accueillir tous les serviteurs de l'État en ce jour de fête nationale. Les pompiers, les militaires, le personnel préfectoral et la police étaient présents. Cette débauche de poudre aux yeux n'était pas anodine. Le préfet s'était fait remettre la légion d'honneur par le premier ministre en personne dans son fief, l'Hôtel du Département. Après un discours qui se voulait émouvant, il avait donc choisi de décorer lui-même ses fidèles serviteurs. Léonie avait également reçu sa décoration.

Sous un soleil de plomb, après une attente de près d'une heure, le préfet lui avait remis la médaille d'argent de la Police nationale. Celle qui symbolisait les vingt ans de bons et loyaux services d'un policier à son ministère.

Sous le regard ému de ses parents, de ses deux enfants et de son mari, présents pour l'occasion, elle s'était fait agrafer à la chemise une petite breloque avec un liseré tricolore. Du coup, Léonie avait eu soif et venait de s'enfiler trois coupes de champagne.

Le soleil et le champagne, il ne lui en fallait pas plus pour être pompette. Elle s'en rendait compte et son mari venait de lui faire remarquer qu'elle avait dit à un officier des pompiers, qui avait aussi trouvé le temps d'attente très long et qu'elle ne connaissait ni d'Eve ni d'Adam, qu'elle n'avait pas eu le choix dans la date de sa remise de médaille. Du coup, se rendant compte qu'elle devait assurer un peu mieux, elle décida de se mettre à l'eau pétillante jusqu'à la fin de la cérémonie.

Combeferre n'avait pas assisté au spectacle. Pour des raisons nébuleuses, sa médaille lui avait été remise dans la cour de l'hôtel de police de Beauvais dans le cadre des cérémonies du huit mai. Il crevait de voir Léonie être la seule de son unité à être décorée dans de telles circonstances.

Combeferre avait maudit l'idée du préfet. Il aurait vendu ses enfants pour se voir remettre *sa* médaille dans la cour de la préfecture de l'Oise par le premier ministre en personne. Tel un enfant gâté, il avait fait un caprice et avait refusé de venir voir Léonie se faire décorer. Il avait prétexté un gros coup de fatigue. Mais ça, Léonie n'en avait cure. Elle était plutôt impressionnée par le caractère solennel que revêtait ce jour et voyait bien que ses enfants étaient très fiers de leur maman. Et c'était bien ça le plus important. La demi-heure qui suivit, son dernier verre fut placé sous le coup du silence pour Léonie qui voyait bien qu'elle avait siroté un peu trop de champagne. Elle ne voulait surtout pas commettre d'impairs. Pas ici, pas devant ce public très officiel.

Elle en profita pour présenter sa famille aux gens qu'elle connaissait et c'est surtout son mari qui parla.

Vinrent les deux coups de 14 heures au petit carillon de la préfecture. La place commençait à se vider tranquillement mais les personnes conviées n'étaient pas pressées de partir. Il faisait bon sous les grands arbres centenaires du parc, les petits fours n'étaient pas finis et il y avait encore du champagne. Alors qu'elle venait de se décider à aller se resservir un verre, le dernier se promit-elle, une main se posa sur son épaule. L'adjudant Huret, du peloton autoroutier de Beauvais, venait la saluer et la féliciter pour sa médaille.

— Je te remercie. T'es là pour une médaille aussi ?

— Non, je représente simplement mon unité. J'ai un de mes gendarmes qui a reçu une médaille.

Léonie pensa à Combeferre qui n'avait pas eu cette amabilité.

— Ah OK. Bon alors, quoi de neuf à l'autoroute depuis trois mois ?

Léonie, en effet, ne s'était plus rendue chez les gendarmes depuis qu'elle avait renoncé à aller plus loin, un jour d'avril à Lafraye.

— Ben, c'est à toi qu'il faut le demander. T'as résolu cette histoire avec ta gamine.

Léonie expliqua que son unité avait été dessaisie et apprit, en retour, que l'unité interrégionale n'était jamais revenue enquêter chez les gendarmes et donc, par extension, sur l'autoroute.

Elle eut un petit pincement au cœur en repensant à tout ce gâchis. Un peu comme une ancienne histoire d'amour qui refaisait surface et qui n'est pas encore totalement réglée.

— Peut-être me suis-je totalement trompée, avoua-t-elle au militaire pour la première fois.

Un petit homme à la barbe bien taillée arriva alors. Il devait avoir soixante-dix ans et marchait à l'aide d'une canne.

— Ah, ça fait plaisir de voir les forces de police qui discutent autour d'un verre avec les forces de gendarmerie. Ce n'est pas à mon époque que l'on aurait pu voir cela.

Léonie ne le connaissait pas.

— Mes respects mon général, claqua alors l'adjudant en réalisant un salut militaire.

Léonie ne se sut pas trop quoi faire et resta immobile, sa coupe de champagne à la main.

Elle tendit sa main tout en se présentant.

Benoît Huret lui présenta avant qu'il n'ait pu ouvrir la bouche le général Bayol, ex-lieutenant-colonel chef du groupement de l'Oise.

— En d'autres termes, l'ex-patron des gendarmes de l'Oise, résuma le général devant l'expression interrogatrice de Léonie.

Le général se porte bien, songea Léonie. Il avait envie de causer en tout cas puisqu'il demanda à Benoît de quoi pouvaient bien s'entretenir un policier chargé de garder les frontières et un gendarme chargé de garder l'autoroute.

Benoît laissa parler Léonie de cette affaire qui les avait fait se croiser quelques mois auparavant.

Elle indiqua que les rapports avec le peloton d'autoroute avaient été excellents et que beaucoup de gendarmes l'avaient aidée. Les gendarmes qui travaillaient et même les anciens qui y avaient travaillé.

— Vous avez fait appel aux retraités ? plaisanta son interlocuteur.

— Non, mais j'ai eu l'occasion de rencontrer l'ancien commandant d'unité du peloton, l'adjudant-chef Martin.

Tout de suite, le général fronça les sourcils, signe de ce qui devait être une grande réflexion chez lui

— Martin, Martin… L'ancien chef d'unité, dites-vous ?

— Oh, c'était il y a vingt ans je crois.

— Justement, j'étais dans l'Oise il y a vingt ans et le chef d'unité ne s'appelait pas Martin.

Encore grisée par les vapeurs d'alcool, Léonie tenta un :

— Il n'y a pas qu'un âne qui s'appelle Martin.

Immédiatement, elle se dit que c'était certainement la phrase la plus conne qu'elle ait jamais lâchée devant une autorité. Non, de toute sa vie même.

Le général esquissa un sourire forcé pour ne pas la décevoir mais il avait toujours les sourcils froncés.

— J'ai beau avoir quelque soixante-quinze ans au compteur, j'ai encore la prétention de me souvenir de tous les collaborateurs avec qui j'ai pu travailler. Et des Martin, dans l'Oise, malgré un nom assez courant, je n'en ai pas connu des dizaines. Deux ou trois au maximum dont un de triste mémoire.

— Celui dont je vous parle s'appelle Daniel.

— Alors nous parlons du même, je n'en ai pas croisé deux, madame. Un seul. Remarquez, vous n'êtes pas militaire, peut-être avez-vous confondu certaines appellations de grade. Il était maréchal des logis chef et non adjudant-chef.

— Ah non, je suis certaine d'avoir compris qu'il était adjudant-chef et qu'il commandait le peloton.

Le général souffla.

— Alors c'est qu'il vieillit très mal et qu'il radote. Ou bien qu'il s'invente une carrière qu'il n'a pas eue.

— Vous m'étonnez vraiment général, ce Daniel Martin m'avait l'air de quelqu'un de vraiment bien et d'assez posé. Pas le genre, et Dieu sait si j'en connais, de retraités qui vivent très mal de ne plus être et seulement d'avoir été.

— Le problème de Martin, c'est qu'il n'était plus depuis longtemps, très longtemps même…

Léonie ne savait pas quoi dire. Elle continua de se dire qu'ils ne parlaient pas de la même personne.

— Bon, je dois bien admettre que la vie a été particulièrement cruelle avec lui et qu'il ressort de tout ça un formidable gâchis, posa le général après un temps de réflexion.

Et là, dans ce parc préfectoral, il se lança dans une histoire. Celle du gendarme Daniel Martin :

— Daniel Martin était un gendarme d'excellente facture, sorti de l'école des sous-officiers avec de très bonnes notes, il avait rejoint le peloton autoroute de Senlis en 1985. Il avait dès lors manifesté beaucoup d'aptitude à la police de la route et s'était même spécialisé dans ce domaine. Promu Maréchal des Logis Chef en 1989, il avait été nommé au tout nouveau peloton autoroutier de l'A16 à Beauvais. Il était alors marié et père d'un petit garçon d'une dizaine d'années. Lors d'un retour de permission, dans la voiture qui le ramenait du Pas-de-Calais où il avait visité de la famille, sa Renault neuf eut un terrible accident avec un poids lourd sur l'A1. Lui et sa femme s'en sortirent indemnes mais leur garçon fut gravement blessé et mourut quelques heures plus tard à l'hôpital. Ce jour-là, le gendarme Martin prit les sombres chemins de la déchéance. Il se mit à boire ; beaucoup. Sa tenue jusqu'ici exemplaire devint négligée. Ses procès-verbaux et ses rapports toujours rédigés d'une main de maître devinrent de véritables torche-culs.

Inutile de vous dire que leur couple ne résista pas à ce terrible drame et que son épouse le quitta à peine un an plus tard. Le gendarme Martin était devenu l'ombre de ce qu'il avait été. Je l'ai rencontré à plusieurs reprises et je l'ai mis en vacances forcées pour qu'il se requinque. Il a eu droit à beaucoup plus de vacances que d'autres. Je lui avais même demandé d'aller voir un psychologue car ces choses-là ne se faisaient pas à l'époque. Rien à faire. Il a complètement sombré et il est resté l'ombre de lui-même jusqu'à son départ en retraite. Je crois même me souvenir qu'il y avait eu des soucis avec un dépanneur dans son unité. Une histoire de gendarmes qui côtoyaient le dépanneur sans respecter aucune règle de déontologie. Ça jasait pas mal dans les brigades car les gars picolaient beaucoup, il y avait des sortes de passe-droit et le microcosme beauvaisien s'en émouvait. Les principaux protagonistes ont été mutés à ma demande. À cette occasion, j'avais fait mettre Martin aux arrêts mais je vous avoue que je n'ai pas eu le courage d'aller plus loin vu ce qu'il lui était arrivé quelques années plus tôt. Il est revenu dans son unité où il a fini sa carrière alternant le pire et le passable.

Léonie rebondit sur ces derniers mots.

— Oui, il m'a parlé de ce dépanneur et de son suicide aussi.

— Exact, le type s'est tiré une balle dans la tête si je me souviens bien. Ça a réglé mon problème en tout cas. C'est terrible à dire, mais il n'y a plus eu d'histoire de beuverie et de femmes légères au peloton.

Le général et Léonie laissèrent passer un ange.

— C'est dommage, reprit-il, il aurait fait un bon gendarme. Je me souviens même qu'il était issu d'une famille de militaires et que j'avais rencontré son père pour qu'il puisse lui parler et lui remettre des bonnes choses dans sa tête.

— Ah oui ?

— Son grand-père était officier durant la Première Guerre mondiale dans un régiment de dragons. Il était Capitaine, de mémoire. Son défunt père a été gendarme de carrière également et il a fini du côté de Beauvais. J'ai assisté à ses obsèques l'année où il est mort. C'était quelque part au nord de Beauvais mais je vous avoue que je ne sais plus bien où, et je déteste ça.

— Quoi donc ?

— Ne plus me souvenir de ces choses-là.

— Ce sont des détails, général.

— Non, pas pour moi justement.

L'homme était vexé de ne pas pouvoir mettre un nom ou un souvenir plus précis.

— Il vous avait dit quoi son père du coup ? C'est rare mais très classe ce genre de comportement avec vos hommes. Beaucoup d'officiers de chez nous ne le feraient pas aujourd'hui, fit remarquer Léonie.

— Ils ne le méritent pas tous mais Martin, avec le décès de son enfant, a vraiment connu de sales moments. J'étais certain que je pouvais le récupérer. Son père était son dernier soutien mais il est mort peu de temps après notre entrevue. Il m'avait assuré qu'il ferait tout pour que son fils ne se noie pas mais il n'en a pas eu le temps. Perdant son dernier soutien, sa femme qui était partie quelque temps plus tôt ; inutile de vous dire qu'il n'y avait plus rien à faire pour le chef Martin. J'ai même envisagé le pire à son sujet. Il aurait fallu qu'il retrouve une femme rapidement...

Sans laisser le temps à Léonie de s'apitoyer sur cette histoire, le général embraya :

— Et comment va-t-il aujourd'hui. Qu'est-ce qu'il devient ?

— Et bien franchement général, je ne doute pas de votre mémoire mais l'homme que j'ai rencontré ne correspond pas du tout à celui dont vous me racontez l'histoire. Il habite toujours à Beauvais, dans le quartier Notre-Dame-du-Thil. Je ne sais pas s'il est remarié mais il a rencontré une certaine Appolonie. Je n'en sais pas beaucoup plus mais il m'avait l'air tout à fait serein, bien loin de tout ça.

— Appolonie, dites-vous ?

Ses sourcils ne se défronçaient pas.

— C'est que la retraite lui aura fait du bien et que le temps a peut-être cicatrisé certaines blessures. Mais ce qui est sûr, c'est qu'il n'a jamais été commandant de l'unité, souligna le général.

Léonie était songeuse. Le général aussi. Il avait l'air de penser très fort à quelque chose qui ne remontait pas à la surface de sa mémoire.

— Ça me reviendra, dit-il comme pour se rassurer.

Tout, autour d'eux, redevenait calme. La préfecture se vidait lentement de ses invités.

— Au fait, vous les avez retrouvés les parents de la gamine finalement ? demanda le général.

— Non, lâcha Léonie.

Et sur cette parole d'impuissance, le général en retraite et la Brigadier-Chef de Police se quittèrent.

Chapitre XXI

16 juillet 2019, 10 heures.

Plus que deux jours avant les vacances.

Léonie avait hâte de partir dans le Massif Central avec les siens. Un petit camping avec plein de gens simples pour se noyer dans la montagne et n'en revenir que deux semaines plus tard.

Le début d'année avait été mouvementé pour elle et l'affaire de l'A16 l'avait remuée en profondeur. Bien après l'épisode du cimetière, elle avait eu l'impression qu'un rouleau lui était passé dessus et l'avait littéralement aplatie. Pendant combien de temps avait-elle vécu complètement vide, la tête ailleurs ?

Sa décoration pour les vingt ans de service l'avait fait tenir, mais elle se rendait bien compte que maintenant l'évènement passé, elle avait vraiment hâte. Hâte de partir, loin, très loin.

L'enquête sur la gamine de l'A16 était encore fraîche et aujourd'hui elle avait réussi à s'en détacher. Même l'histoire sur le gendarme Martin ne l'avait pas tant ébranlée que ça. Ces types qui cachaient de drôles d'histoires sous des aspects tranquilles étaient finalement assez nombreux. Combien de bons pères de famille allaient se taper la première venue sur des sites de rencontres ? Combien de bonnes gens se révélaient de véritables sociopathes à qui on aurait donné le bon Dieu sans confession ? De combien de ses propres collègues, le gendarme Alain Lamare dans les années 1970 s'était-il joué ? Elle était flic, elle avait vu des choses bien plus dégueulasses au cours de sa carrière.

Le chef de centre de la Sanef ? Finalement, plus elle en était loin, mieux elle se portait. Ce n'était plus son problème et, non sans un peu de honte, elle réfléchissait comme beaucoup de gens aujourd'hui. Elle avait mis la poussière sous le tapis et basta.

Le seul truc qui la titillait encore un peu, sur cette affaire autoroutière, était ce Guillaume Liotard qui avait disparu de la surface terrestre.

Elle avait réussi à se convaincre qu'il était parti à l'étranger mais elle n'était pas insensible non plus à la thèse d'un suicide dont le corps n'aurait jamais été retrouvé. De toute façon, elle devait aujourd'hui s'occuper de paperasserie administrative et ça lui prendrait toute la journée et demain, veille de vacances, elle envisageait de ne pas faire grand-chose.

Vers 10 heures, son téléphone sonna. La voix de crécelle de Maryse résonna dans le combiné.

Eh oui ! Maryse, secrétaire particulière du directeur avait parmi ses fonctions, celle particulièrement ingrate pour elle, de répondre au standard téléphonique du service.

— Un appel pour toi d'un type qui dit qu'il est colonel. Tu prends ?

Évidement que je prends connasse, mentalisa très fort Léonie.

— Oui bonjour.

— Bonjour, je suis le général Bayol, nous nous sommes parlés le 14 juillet dernier.

Maryse, le colonel n'est pas colonel mais général, pensa-t-elle.

Elle enchaîna.

— Oui général, comment allez-vous ?

— Comme un homme qui a retrouvé ce qu'il avait perdu lors de notre dernière rencontre… deux morceaux de sa mémoire.

— Comment cela ?

— Voyez-vous, lorsque nous avons parlé du gendarme Martin, vous m'avez dit que sa femme se nommait Appolonie. Ce jour-là, le prénom m'a interpellé. Fouiller dans ma mémoire me demande une certaine énergie, cette cérémonie et cette chaleur m'avaient fatigué. Mais comme je suis reposé depuis, j'ai retrouvé ce qui manquait et qui me titillait. La femme de Martin s'appelait Appolonie à l'époque de l'accident. Ils se sont séparés depuis.

— D'accord.

Léonie faillit dire « et ? » mais le général l'aurait peut-être mal pris. Elle opta pour un « d'accord » qui ne nuisait pas trop à l'échange.

— Voyez-vous, Appolonie est quand même un prénom assez rare. C'est typiquement un prénom antillais. Les chances pour qu'il rencontre une nouvelle femme qui ait exactement le même prénom confèrent à l'improbable. Et je crois beaucoup aux statistiques.

Franchement, tant d'efforts pour un si piètre résultat, ce n'était pas nécessaire. Vraiment un truc de vieux.

Autant le général lui avait fait très bonne impression à la préfecture, autant là, il commençait à la saouler. Comme tous ceux qui lui apprenaient son métier à chaque nouvelle rencontre. « Voyez-vous, moi je ferais ceci, je ferais cela... ». Elles sentaient le rance ses pseudo-preuves à l'ancien.

— Certes général, le prénom est plutôt rare mais je ne m'occupe plus de l'enquête officiellement.

— Attendez, je ne veux pas vous polluer avec mes histoires qui datent, ce n'est pas du tout mon intention. Je veux simplement terminer ce qui m'a échappé lors de notre rencontre. Je vais vous avouer que je déteste de plus en plus que les choses m'échappent. On ne refait pas sa nature. Alors le premier point c'était le nom de sa femme sur lequel j'ai tiqué ; mais ça ne m'est pas revenu tout de suite. Le second, c'est l'endroit où son père avait été inhumé. Je ne sais pas si ça va vous éclairer mais je déteste ce genre d'imprécision. Après quelques recherches, son père était Adjudant-Chef dans la gendarmerie et il a fini comme Commandant de brigade à Froissy. C'est là-bas qu'il a pris sa retraite et qu'il a été enterré après son décès.

Au nom de Froissy, Léonie sursauta.

— Je ne vous embête pas plus longtemps, je voulais juste aller au bout de mon histoire. Peut-être servira-t-elle à quelqu'un.

Froissy... Léonie prit un temps certain à lever les yeux de son téléphone. C'était son destin ou quoi cette affaire ?

Elle avait décrété qu'elle ne voulait plus s'y intéresser. Donc elle ne s'y intéressait plus. Mais la rencontre de ce Bayol, son coup de téléphone, là, à l'instant... C'était quoi ce bordel ? Pourquoi d'un seul coup, sortait-il de son chapeau le nom du patelin qui lui avait rempli la tête, trois mois auparavant ? Il le faisait exprès ou quoi ?

Léonie ne croyait en rien mais là, tout de suite, elle imaginait bien qu'un petit homme, très haut dans le ciel se foutait bien de sa gueule. Qu'il tirait des ficelles et qu'elle était un pantin. D'un autre côté, rien ne l'obligeait à suivre le chemin de sa pensée. Parce que forcément, elle pensait.

Froissy n'était pas sorti de ce chapeau par hasard. C'était là-bas, ou pas loin en tout cas, que le téléphone de la gamine avait fait péter une borne. C'était là-bas que Léonie avait pensé que le nœud de cette affaire se résoudrait. Et là, comme par hasard, à deux jours de ses vacances, un type venu de nulle part venait de fendre la chape de plomb qu'elle avait mise sur cette histoire. La matinée touchait à sa fin. Le soleil brillait.

Elle n'avait, d'un seul coup, plus envie de bosser. Elle sentait bien que l'idée ne la lâcherait pas de la journée. De la journée seulement ? Pas vraiment. Elle se connaissait et ça allait lui prendre l'intégralité de ses vacances… à coup sûr. Bientôt sonnerait midi. Autant aller déjeuner à Froissy. Y prendre l'air du temps.

Elle prit l'ancienne route nationale qui menait de Beauvais à Amiens et fut à Froissy vingt minutes plus tard. Elle se gara dans ce qui ressemblait au centre bourg.

C'est toujours aussi moche ici, remarqua-t-elle.

Lorsqu'elle ouvrit la porte de la mairie, la seule personne derrière le guichet tonna un « C'est fermé madame ! » qui démontrait bien son envie pressante d'aller regarder Jean-Luc Reichman et son démon de midi.

Léonie sortit alors sa carte de police et la magie opéra. La secrétaire de mairie, qui n'avait jamais dû en voir de sa vie, se crut immédiatement dans une des innombrables séries qu'elle s'enfilait à longueur de soirée. Elle ne voyait pas une simple fliquette de la police nationale, elle voyait Julie Lescaut et l'ombre de Navarro qui flottait derrière elle.

— Bonjour madame, je suis officier de police judiciaire.

Ce qui n'était pas faux d'ailleurs mais qui n'était pas exactement la vérité puisque Léonie ne venait en rien faire une enquête officielle. Mais le temps d'expliquer les choses à son interlocutrice et surtout le temps qu'elle les comprenne, le démon de midi serait fini depuis longtemps.

Léonie alla droit au but en indiquant qu'elle avait besoin d'un renseignement assez urgent et qui ne devait pas être trop compliqué à trouver.

— Je voulais savoir si, sur le ressort de votre commune, un propriétaire d'une parcelle cadastrale se nomme Daniel Martin ?

Pourquoi cette question ? Léonie l'avait retourné dans tous les sens durant le trajet. Si le père de l'ex-gendarme était mort ici, il devait avoir été propriétaire. Donc avoir légué le bien à son fils ou ses enfants, s'il en avait.

Le temps passé sur le secteur par le téléphone du papa de Neïma semblait indiquer que sa famille était restée dans le coin. Mais certainement pas sur le bord de la route. Quelque part dans Froissy. Dans une grange ou dans une maison. Trouver ce quelque part tenait de l'impossible si l'on commençait par un bout de la ficelle. C'est-à-dire chercher au hasard. Mais si l'on prenait l'autre bout et que l'on tentait de voir si un homme dont on connaît l'identité, était propriétaire d'une parcelle, voire d'une maison, et si par un moyen ignoré, il avait pu recevoir cette famille alors, elle pourrait espérer remonter à quelque chose.

Quelque chose de très flou pour le moment mais quelque chose quand même. Un truc un peu moins en mousse que l'intégralité de ce qu'elle avait pu faire jusqu'à présent. Si ça ne marchait pas avec Daniel Martin, elle avait prévu de tenter avec Liotard et le chef de centre. Sait-on jamais...

La dame, trop ravie de pouvoir aider à résoudre une mystérieuse enquête en cours et voyant que cela allait prendre très peu de temps, coopéra rapidement.

Le plus long fut de rallumer le PC qu'elle venait d'éteindre pour aller manger.

— Alors, nous avons une parcelle qui appartient à Monsieur Daniel Martin, il s'agit de la numéro 59. Vous voulez savoir où ça se trouve exactement ?

— Si ça ne vous dérange pas trop. Je ne veux pas abuser.

— Oh non, ce n'est pas tous les jours qu'on peut aider la police Madame.

La secrétaire montra sur l'écran un plan du cadastre. La parcelle 59 se trouvait à l'extrémité de Froissy.

Le plan était en noir et blanc et le grossissement de l'ordinateur était fort. Aucune chance de comprendre quoi que ce soit pour Léonie qui remercia chaleureusement l'employée de mairie avant de partir. Le seul truc qu'elle avait compris, c'est que la parcelle n'était pas bâtie.

Elle chercha un restaurant sympa mais visiblement à Froissy, ça ne se trouvait pas. Elle jeta son dévolu sur un vendeur de kebabs. Elle s'installa en terrasse et commanda un verre de coca et un sandwich avec frites. Téléphone en main, elle consulta le site de l'IGN et examina attentivement cette parcelle numéro 59. Une certaine ferveur commençait à s'installer.

C'était au sud de la commune, près de Noirémont.

On y accédait par un chemin parallèle à la RD 1001, la route qu'elle avait prise pour venir de Beauvais. Elle fit un rapprochament avec les photos de google maps et s'aperçut que sur cette parcelle se trouvait une sorte de bois. Ce bois, tout en longueur, allait même jusqu'aux limites de Froissy. Son intérêt pour l'histoire locale l'avait souvent amenée à observer les différences entre avant et après. Aussi, elle compara les photographies aériennes datant des années 1930 et 1965. Comme ça, juste pour voir et être sûre de ne passer à côté de rien. C'était incroyable ce que l'on pouvait faire grâce à internet en 2019.

À sa grande stupéfaction, elle nota qu'à cet endroit, il y a environ cinquante ans, passait une voie ferrée. Elle venait de Froissy. Par contre, de l'autre côté, la voie n'allait pas plus loin. Il y avait aussi sur la parcelle 59 une maison.

Celle d'un garde-barrière, supposa-t-elle.

Elle n'arrivait pas vraiment à distinguer s'il s'agissait d'une grande maison ou d'une cabane mais il y avait quelque chose à cet endroit où poussaient les arbres aujourd'hui.

Il y avait aussi un bâtiment un peu plus grand au fond du terrain. Une sorte de grange ou quelque chose comme ça.

Ce qui était sûr, c'est que sur la carte actuelle, il n'y avait plus rien. Que des arbres.

En dézoomant sur cette carte se dévoilait une belle vue du sud de la commune, sur les chemins et les routes.

Lorsque Léonie suivit des yeux le tracé de l'A16, elle arrêta son regard sur l'accès de service près de Noirémont, celui qui avait été l'objet de tant d'intérêt. Celui où Marc et elle s'étaient arrêtés sous la pluie, à la recherche d'une ombre blanche. Elle y posa son doigt et remonta le tracé de cet accès par cette petite route jusqu'à la RD 1001. Cela faisait trois mois qu'elle y était allée. Pourquoi ne s'était-elle jamais intéressée à ce chemin agricole qui, finalement, était dans la continuité de l'accès de service, seulement coupé par la RD 1001 ? Tout simplement parce qu'il ne menait nulle part. Seulement dans les champs. Avec son doigt, elle remonta ce chemin et arriva pile sur la parcelle numéro 59. Comme par hasard.

Elle déjeuna à la vitesse de la lumière en se posant toutes les questions qu'elle pouvait. Elle paya et retourna à sa voiture. Elle mit la clef dans le contact et leva les yeux. Devant elle, de l'autre côté de la chaussée, un vieil homme était assis sur le porche de sa maison. Il était là, l'ancien qu'elle cherchait. Celui qui attendait que l'on vienne lui parler, tellement il s'emmerdait.

Elle retira les clefs et traversa la route. Elle devait en apprendre un peu plus sur l'histoire locale pour comprendre le fil de celle qu'elle tentait de démêler.

— Bonjour Monsieur. Je peux vous prendre cinq minutes ?

L'homme ne dit rien, il avait l'air assez suspicieux.

— Je fais des recherches sur une ancienne voie ferrée qui passait dans le coin et je me demande si vous l'auriez connue ? Vous êtes à Froissy depuis longtemps ?

Tout de suite, les yeux de l'homme s'illuminèrent. Il allait pouvoir parler du passé. Ce temps où il marchait sans canne. Où il pouvait manger ce qu'il voulait sans faire attention à son diabète.

— Assez longtemps pour vous dire que vous avez mangé dessus...

Léonie regarda l'échoppe devant laquelle elle venait de déjeuner.

— Comment ça ?

— Ben je ne sais pas si vous cherchez depuis longtemps, mais vous avez mangé sur l'ancienne ligne de chemin de fer qui reliait Crèvecœur à Saint-Just en tout cas. J'habite ici depuis que je suis né, c'est-à-dire quatre-vingt-dix ans, et le tortillard passait juste devant la maison de mes parents. Là, où vous venez de manger. Quand j'étais môme, je le voyais tous les matins en prenant mon café au lait, avant d'aller à l'école.

Léonie le laissait parler.

— Il venait de Crèvecœur-le-Grand et il allait à Saint-Just-en-Chaussée. Ce n'était pas un grand train qui passait dessus, vu que c'étaient des rails à écartement métriques, c'étaient que des petits wagons, tirés par de petites locomotives. Ça prenait des voyageurs évidemment mais à la fin, c'étaient surtout des marchandises. Dans le coin, à chaque automne, vous aviez des tombereaux de betteraves entiers qui partaient.

— On voit encore le tracé aujourd'hui ?

— Pensez-vous, il n'y a plus rien. Rien que devant vous, c'était un passage à niveau. Il suivait la route quasiment depuis Crèvecœur jusqu'au centre-bourg de Froissy. Même au centre, il n'y a pas si longtemps, il y avait encore une trouée dans les maisons. Mais depuis trois ans, ils ont mis les locaux municipaux à la place. Juste en face du kebab. Il n'y a que la gare à laquelle ils n'ont pas touché, vu que c'est le fils du maire qui l'a rachetée. Je ne crois pas que vous retrouviez quoi que ce soit de la ligne. Ils l'ont retiré dans les années 1960. Alors depuis le temps...

— Et dites-moi, dans mes recherches, je suis tombée sur une veille maison de garde-barrière à la limite de Noirémont. Ce n'est pas la direction de Saint-Just par là pourtant, vous voyez ce que je veux dire ?

— C'est l'ancienne coopérative. Comme on était un pays de betteraves, le maire de l'époque avait fait construire un entrepôt pour que tous les cultivateurs puissent aller mettre leur récolte dans les wagons à l'écart de la ville. Juste après la gare, il y avait une bifurcation pour aller là-bas. Il devait y avoir huit cents mètres de lignes et vous tombiez sur l'entrepôt. C'est devenu une coopérative un peu plus tard. Ce dont vous me parlez, ce n'était pas exactement qu'une maison de garde-barrière d'ailleurs. Ça faisait office de garde-barrière, de contrôle marchandises. Les anciens allaient boire un coup aussi, en attendant les trains et d'autres y jouaient aux dominos.

— Pourtant c'est loin de la route cet entrepôt.

— Eh, ça a été construit en 1880 ce machin-là. À l'époque c'était une sorte de nœuds où toutes les routes des environs arrivaient. À gauche, vous alliez sur Noirémont et la route de Beauvais était pas loin. Je ne sais même plus le nombre de chemins qui n'existent plus mais celui qui a fait construire l'entrepôt à cet endroit ne l'a pas fait par hasard, croyez-moi. C'est sûr qu'aujourd'hui, tout ça a un peu été effacé. Il n'y en a plus beaucoup de ces chemins.

— Ah bon ! Et il y a longtemps que c'est dans cet état ?

— Cinquante ans peut-être. Il n'y avait déjà plus beaucoup d'activité sur la fin. Les locomotives n'étaient pas entretenues. En partant de Crèvecœur, quand j'étais môme, mes copains et moi arrivions avant le train en vélo. C'était notre jeu favori. Aller plus vite que le tortillard. Après la guerre, avec le développement des camions et des autobus, la ligne a fermé pour de bon. Une nouvelle coopérative s'est construite le long de la route, du côté de Saint-Just. Celle-là est restée dans son jus.

— Personne n'a voulu y habiter ?

— Oh ça, je sais plus trop. Je crois que ça a été habité un peu mais j'en suis plus trop sûr.

— Et la ligne de ce côté-là, elle allait où ?

— Nulle part madame. C'était un cul de sac. Il y a une sorte de colline juste derrière. La ligne s'arrêtait au pied. Les trains chargeaient juste la marchandise et repartaient en marche arrière jusqu'à la vraie ligne, vers Crèvecœur ou Saint-Just.

Elle quitta le vieux monsieur aux cheveux blancs et prit la clef des champs.

Elle sortit de Froissy et tourna dans le chemin qui se trouvait en face de là où elle était arrivée depuis l'autoroute, il y a trois mois de cela.

Elle comprit pourquoi elle n'avait pas pensé à ce chemin en le revoyant. Il était en mauvais état et, pour elle, pas carrossable. Elle n'avait pas essayé, elle s'était juste dit qu'il n'était pas carrossable.

Un aveugle n'aurait pas fait pire, se maudit-elle.

Elle gara sa voiture sur le bord du chemin et avança à pied, en mode promenade.

Le chemin montait sur une vingtaine de mètres juste après la route et laissait s'étendre ensuite une partie de la Picardie sur des kilomètres. On ne voyait rien depuis la route.

Le bosquet qu'elle avait repéré sur Google était bien plus qu'une grosse touffe d'arbres. Elle en était à au moins quatre cents mètres mais il avait l'air grand. De là où elle se trouvait, rien n'aurait pu faire penser à une ancienne voie de chemin de fer. Ce n'était pas spécialement plat en fait, un peu vallonné même et des arbres avaient poussé un peu partout. L'endroit était en contrebas d'une petite colline. Pas grand-chose mais assez pour donner un joli relief d'une dizaine de mètres. Elle arrivait devant la parcelle et avait allumé son portable pour se localiser par rapport à l'endroit qu'elle cherchait.

Elle arriva devant la parcelle 59. Devant elle, le chemin montait et se perdait ailleurs.

De ce qu'elle avait observé sur les cartes anciennes, ici devait croiser l'ancienne voie de chemin de fer avec ce chemin. La maison du garde-barrière devait être tout près. Elle n'y était pas. Elle n'osa pas s'enfoncer dans la végétation. Elle continua tout droit pour tenter de trouver une entrée, une faille dans cette barrière végétale. Rien. Beaucoup trop d'orties et de ronciers pour s'enfoncer ne serait-ce que de dix mètres. Alors elle reprit son téléphone sur la page de l'IGN et compara l'endroit tel qu'il était il y a cinquante ans avec aujourd'hui.

Rien à faire, elle se planta pile à l'endroit où l'ancienne voie passait mais elle ne vit rien.

Elle chercha alors un bâton ou quelque chose qui pourrait l'aider à avancer un peu dans cette jungle mais alors qu'elle était entourée de bois elle ne trouva rien. Elle ramassa néanmoins quelque chose qui s'en rapprochait. Une sorte de flexible en caoutchouc d'une quarantaine de centimètres. Elle ignorait totalement à quoi cela pouvait bien servir mais ça ferait l'affaire. Elle commença à battre la barrière d'orties devant elle et après cinq bonnes minutes passées à fracasser cette matière végétale, elle réussit à trouer la muraille.

Le sous-bois était dense. Il n'y avait pas de chemin, pas de trouée. Rien qui lui permettait d'aller bien loin. Elle remarqua quand même, derrière cette épaisse touffe de végétation, ce qui devait être l'ancienne maison du garde-barrière. Quatre murs de briques qui ne montaient plus qu'à deux mètres de hauteur. Plus de toit. Enfin si, le toit était tombé dans le carré du rez-de-chaussée et était envahi par la végétation. Un noisetier avait poussé et trônait en maître dans ce qui avait dû être le salon. Léonie avança quand même difficilement jusqu'à la maison mais rien à faire de ce côté-là. Il n'y avait pas eu l'ombre d'une présence ici depuis des lustres. Elle scruta les broussailles et le bois. Elle avait vu cette sorte de grange un peu plus en arrière.

C'est une tronçonneuse qu'il me faudrait si je voulais voir ne serait-ce qu'a dix mètres.

L'endroit était impénétrable.

Elle tenta de se décaler d'une dizaine de mètres sur la gauche. Rien. Elle ne vit rien. Elle se retourna pour faire demi-tour et elle commença à angoisser légèrement. Elle ne voyait même pas le chemin par lequel elle venait d'arriver. Et puis ce silence. Elle ne se trouvait pas très loin d'une autoroute et finalement, elle avait l'impression d'être à l'endroit le plus reculé du monde. Elle revint donc sur ses pas et regagna le chemin. Au loin, il y eu un grand claquement sec et sourd. Où exactement ? Elle aurait été incapable de le dire.

Ce n'était pas un craquement léger, quelque part au fond des bois. C'était quelque chose d'assez sonore. Tout proche.

Elle tendit l'oreille, scruta la trouée qu'elle venait de créer à travers les orties et les ronces mais ne vit rien. Elle ressortit de cette jungle et regagna le chemin. Ce morceau de terrain appartenait au gendarme Martin. Il était à quelques centaines de mètres de l'accès de service.

Putain, c'était quoi le truc ? N'importe quel flic de cinoche aurait eu une illumination, une sorte d'arrêt sur image dans le récit des événements où un détail lui aurait fait tout comprendre.

Pas elle. Elle savait qu'elle passait à côté de quelque chose mais elle n'entrevoyait même pas le début du commencement de l'histoire.

Depuis combien de temps était-elle plantée là, au milieu de ce chemin ? Cinq minutes peut-être.

À ce moment-là, un homme arriva de par le haut du chemin. Il marchait lentement. D'un pas tranquille.

Léonie ne le vit pas arriver. Elle ne l'entendit pas non plus. Il avait un bâton à la main, comme un randonneur. Il était vêtu de kaki.

— Bonjour chef ! C'est gentil de venir me rendre visite. Vous auriez dû me prévenir, je me serais fait beau.

Léonie sursauta. En se retournant, elle comprit qu'elle n'aurait jamais dû venir ici seule. Elle ressentit une forte chaleur dans le milieu de la poitrine qui se transforma instantanément en une terrible douleur. Ses jambes ne la supportèrent plus et elle eut la vague impression de se pisser dessus mais ce qui lui arriva ensuite, elle ne s'en rappela pas.

Chapitre XXII

Le même jour, quelques minutes plus tôt.

Ahmed se réveilla dans l'obscurité. Il était en train de rêver qu'il pleuvait.

Mais non, ce n'était pas de la pluie, c'était chaud et ça sentait l'ammoniac. Quelqu'un était en train de lui pisser dessus. Bien qu'il ne vît rien, il devina assez rapidement que l'homme était en train de s'assouvir sur lui. Il ne pouvait crier, il avait quelque chose dans la bouche, une sorte de chaussette. Mais que pouvait-il bien se passer ? Il se concentra et tenta de se souvenir à quel moment ça avait merdé.

Il n'avait pas de femme, pas d'enfant et il avait voulu partir loin de son pays en guerre. Il ne savait absolument pas où aller. Alors, il avait fait comme les autres. Il avait marché longtemps en direction de la mer et ne s'était quasiment jamais lavé. Il avait mangé ce dont les autres ne voulaient pas. Il avait rencontré d'autres hommes qui étaient comme lui. Plus personne ne voulait continuer à vivre ici. Alors, ils étaient tous allés au bord de la mer. Ils y avaient trouvé des bateaux mais il fallait les payer.

Lui et cinquante de ses camarades d'infortune avaient été employés dans une ferme. Ils avaient travaillé dur pendant trois mois. Les hommes étaient aux champs, les femmes s'occupaient des animaux et les enfants de sept ans triaient les légumes et allaient chercher de l'eau. Ils savaient tous que c'était le prix à payer pour rejoindre l'Europe et s'acheter ce bateau qui devait sûrement avoir été construit pour trente personnes au grand maximum. Ils dormaient sur la terre, dans des cases dix fois trop petites, ils se lavaient à la rivière et ils mangeaient ce dont les animaux ne voulaient plus. Quelques-uns moururent ; deux enfants, deux femmes et un homme. Ils ne furent plus que quarante-cinq à embarquer à la fin du mois. En voyant la terre s'éloigner derrière lui, Ahmed pensait qu'il avait fait le plus dur. En réalité, s'il avait su, il n'aurait jamais embarqué.

La plupart furent sujet au mal de mer. Lui le premier. Il n'avait jamais pris le bateau de toute sa vie. Il ne vomit pas mais il fut malade comme jamais. Sa tête tournait et lui faisait tellement mal. Son ventre tirait si fort qu'il se demandait souvent s'il n'allait pas se déchirer. Il dut subir le mal de mer de ses autres compagnons de galères. Presque tout le monde vomissait. Au début, ils essayèrent de vomir pardessus bord mais rapidement, cela devint impossible. Le soleil tapait fort et l'odeur était épouvantable. L'eau vint à manquer rapidement. Au bout de combien de temps déjà ? Il ne le savait plus. C'était bizarre d'ailleurs qu'au milieu de tant d'eau, on en manque.

Le soleil était brûlant la journée et, les nuits, même serrés les uns contre les autres, ils grelottaient tous ensemble jusqu'au matin. Évidemment, les enfants furent les premiers à mourir. Ils n'étaient pas préparés à vivre cette traversée. Certains cadavres furent jetés par-dessus bord, tellement il devenait insoutenable de les voir pourrir. Les adultes suivirent aussi. D'ailleurs, Ahmed avait été surpris que certains enfants ne meurent pas alors que des adultes d'apparence plus forte, plus robuste soient victimes. Victimes de quoi d'ailleurs ? De la folie des hommes qui les avaient poussés à partir en Europe. Victimes aussi de manque d'eau, du manque d'hygiène, du manque de nourriture, du manque de tout. La traversée ne devait pas durer trop longtemps. Elle fut interminable.

C'était facile sur une carte d'aller tout droit. C'était compliqué de le faire en pleine mer, sans commandant de bord.

Ahmed s'était donc résigné à mourir lui aussi. Il ne voyait pas comment il pouvait en être autrement. Il avait faim, il avait soif et sa peau était craquelée de toute part. Il avait l'impression que son corps n'était que douleur. Il ne pouvait plus se lever. Certains de ses compagnons avaient encore cette force, pas lui. Sur les quarante-cinq personnes à bord, ils n'étaient plus que trente lorsqu'ils croisèrent un cargo turc. Il était loin mais une énergie incroyable s'empara des survivants. Ils arrivèrent à tous se lever et à hurler leur présence. Le cargo turc signala la présence de cette coque de noix aux autorités italiennes mais ne s'arrêta pas. Les occupants du bateau furent certains à ce moment-là de ne jamais revoir la terre ferme. Un homme et une femme moururent ce jour-là, presque en même temps. À la tombée du jour, un bateau au pavillon italien les récupéra. Ils furent embarqués et allongés sur des lits de fortune en cale. Un médecin examina Ahmed. Il y avait bien quelqu'un qui traduisait les propos du médecin à Ahmed mais il ne pouvait plus parler.

C'est dans une chambre d'hôpital qu'il comprit qu'il était en Italie. Des quarante-cinq au départ, il en était arrivés seulement vingt-neuf. Visiblement, leur sauvetage avait été filmé par la télévision. Il ne comprenait pas grand-chose à ce qui lui arrivait à vrai dire.

Au bout de quinze jours, il sortit de l'hôpital et fut placé dans un grand bâtiment avec plein de types comme lui. Un centre pour réfugiés dans le sud de l'Italie.

Une fois, une dame était venue discuter avec lui. Elle parlait arabe. Elle avait rempli des papiers pour lui et elle lui avait dit que s'il voulait rester en Europe, il fallait qu'il demande l'asile. Alors il l'avait demandé. Il avait donné son nom, son prénom et sa date de naissance. Au bout d'un mois, il avait reçu une carte avec sa photo dessus. Il avait été embarqué dans un bus et avec plein d'autres réfugiés, ils avaient traversé l'Italie jusqu'à la frontière française. Là, le chauffeur leur avait dit qu'il fallait qu'ils aillent à Calais et qu'ils traversent la manche pour aller en Angleterre. Là-bas, il y avait du travail et ils pourraient être heureux. De toute façon, en Italie, il y avait trop de réfugiés et les autorités italiennes ne voudraient jamais leur donner l'asile. Il fallait qu'ils partent. C'est comme ça qu'Ahmed s'était retrouvé dans un train dont il n'avait pas payé le billet et qui allait de Nice à Paris. Il s'était fait contrôler par deux agents de police.

Il avait été arrêté et placé dans un centre de rétention du côté de Lyon. Il avait pourtant expliqué que les Italiens lui avaient dit d'aller à Calais. Il avait pourtant expliqué qu'il avait une carte italienne. Il l'avait montrée même.

Rien à faire, on lui avait dit qu'il avait demandé l'asile en Italie et que c'était aux Italiens d'étudier sa demande. Il allait être rapatrié en Italie. Ensuite, dans le centre, il avait rencontré des gens d'une association d'aide aux migrants. Ils étaient français et s'étaient intéressés à son cas. Ils lui avaient indiqué que ce gouvernement était pire que les gens de son pays. Il avait rigolé parce que ce n'était pas possible. Mais ces Français lui avaient trouvé un avocat qui avait décelé un vice de procédure. Le juge avait alors déclaré qu'il était libre. Il avait trouvé ça génial de pouvoir sortir d'ici. Il avait été libéré aux portes du centre de rétention et il avait repris le train pour Paris.

Pas de chance pour lui, il avait été contrôlé par les mêmes policiers dans le train. Les deux types l'avaient reconnu. Lui aussi les avait reconnus. Ahmed n'avait pas vraiment compris pourquoi mais le plus grand avait dit quelque chose dans l'oreille du plus petit, l'autre avait soufflé en secouant la tête et ils l'avaient laissé voyager. Sans l'arrêter.

Il était alors arrivé à Paris. Il n'avait pas trop su s'orienter mais là-bas, il avait rencontré beaucoup de gens qui parlaient sa langue. Au loin, il avait vu la tour Eiffel. Il avait proposé ses services à des gens et pendant un mois, il avait porté des parpaings et coulé du béton dans plein de chantiers. Le patron lui avait proposé de l'employer plus longtemps, mais lui il voulait aller en Angleterre. Alors il avait touché quatre-cents euros pour son travail. Il était riche Ahmed. Il avait compris que c'était beaucoup d'argent et qu'il pourrait manger correctement et se payer le voyage en Angleterre. Il se rendit dans le nord de Paris et rencontra une énorme communauté arabe, à la porte de la Chapelle. Mais ce n'était pas vraiment ce qu'il croyait. Beaucoup dormaient dans des tentes ou des cartons posés à même le sol. Il y était resté deux nuits mais il avait eu peur de se faire voler son argent. Des types vendaient de la drogue pas loin et attaquaient les autres. Il ne voulait pas rester là. Il gagna la gare du nord mais comme ce soir-là il y avait un barrage de police à l'entrée du bâtiment, il fit demi-tour. Il fit du stop mais ne fut jamais pris.

Alors, en errant dans le quartier de la porte de la chapelle, il trouva une camionnette sur laquelle était inscrit

Calais boucherie hallal en arabe. Il n'y avait personne dans le véhicule mais la portière arrière était restée entr'ouverte. Il l'ouvrit. Il monta dans l'engin et referma doucement derrière lui, pour ne pas faire de bruit. Il faisait noir. À tâtons, il avait trouvé une banquette sur le côté. Il l'avait soulevée pour voir. Vide. L'endroit idéal pour s'y cacher. Il s'allongea et referma doucement le dessus de banquette. À peine trente secondes plus tard, il entendit un cliquetis. Il poussa légèrement sur le couvercle au-dessus de lui. C'était bloqué. Il poussa plus fort. Toujours bloqué. Quelqu'un lui dit dans sa langue :

— Ne t'inquiète pas mon frère, je vais à Calais. Je t'enferme pour ta sécurité.

Ahmed fut tellement soulagé qu'il s'endormit presque immédiatement, bercé par le roulement de la route.

Et là, quelqu'un venait de lui pisser dessus. Il n'avait plus aucun autre souvenir depuis le départ de Paris.

Une voix d'homme riait très fort et lança dans un mauvais arabe :

— Mon frère, lève-toi.

Ahmed était complètement désorienté. Il avait les mains et les pieds libres. Il se leva en retirant la boule de tissu qu'il avait dans la bouche. Dès qu'il eût atteint la position verticale, une violente claque le ramena en position horizontale.

Ça tournait.

L'homme lui hurla de nouveau dessus mais dans un français qu'il ne comprit pas.

— Alors, tu veux coloniser mon pays, espèce de sale nègre.

Ahmed ne comprenait rien mais entendait de la haine dans l'intonation de la voix. Il se releva doucement. Il ne voyait toujours rien, bien qu'aucun bandeau ne fut placé sur ses yeux. Il comprit alors qu'il était dans une pièce plongée dans le noir. Ça devait être un malentendu. Il n'avait rien fait, rien dit à personne depuis son arrivée à Paris. Il n'avait rien volé. Il avait même travaillé. Il avait honnêtement gagné sa croûte.

Peut-être que c'était ça. L'homme voulait de l'argent.

Ahmed mit ses mains dans son slip et sortit le petit sachet en plastique où il avait placé ses économies.

— J'ai de l'argent. Laissez-moi partir, s'il vous plaît.

Une porte s'ouvrit et la lumière s'alluma. L'homme devant lui était grand et gros. Il avait le crâne rasé. Une autre voix retentit dans la pièce.

— La fliquette est là. Laisse tomber ton jouet, on va s'occuper d'elle.

L'homme devant lui s'effaça et laissa sa place à l'autre homme. Ahmed ne sut jamais à quoi il ressemblait. Il ne vit que le pistolet qu'il tenait dans sa main droite. Il entendit une détonation et ce fut tout.

Il s'écroula. Mort, probablement.

Chapitre XXIII

Le même jour, quelques minutes plus tard.

Ça pue ici. Telle fut la première pensée que Léonie eut en reprenant vaguement conscience.

C'était une odeur âcre, qui vous prenait au ventre et devenait assez vite insoutenable. Le genre d'odeur qui donne envie de renvoyer son kebab-frites-coca en moins de temps qu'il le faut pour dire ouf.

Elle avait les mains attachées dans le dos et ses pieds étaient liés aussi. Elle s'était pissé dessus et se retrouvait allongée à même le sol sur une sorte de terre battue humide. C'était quoi le délire là. Elle était où ?

Elle se tortilla comme un ver en espérant desserrer un peu les cordes qui lui rongeaient poignets et chevilles mais l'effort fut vain. Elle avait dû se cogner la tête par terre en tombant et elle avait mal, vraiment mal. Il n'y avait pas, ne serait-ce qu'un rai de lumière. Nulle part. Mais qu'est-ce qui avait bien pu lui arriver ?

Elle attendit longtemps, laissant le temps à ses yeux de s'habituer mais elle fut bien obligée d'admettre qu'elle était au milieu des ténèbres. Elle avait un truc qui lui descendait dans la bouche.

Du sang, bon Dieu c'était du sang. Son sang.

Son cœur accéléra très fort. Était-elle fortement blessée ? Était-elle consciente ou bien rêvait-elle ? Était-elle en train de mourir ? Ça commençait à paniquer sévèrement là-haut.

Elle se mit à respirer profondément et tenta de calmer son esprit. Lui la voyait déjà morte mais son cerveau tentait de le maîtriser.

Calme-toi ma fille et réfléchis un peu.

Le fait de respirer à pleins poumons et de ne pas suffoquer lui indiqua qu'elle n'était pas enterrée vivante ou un truc comme ça. Elle prit cette terre poisseuse entre les mains mais fut incapable de dire ce que ça pouvait être. Elle se redressa. Putain ce que sa poitrine lui faisait mal.

Sa poitrine. Cette douleur… *Mais oui ! J'étais sur ce chemin, j'ai entendu cette voix et je me suis retournée.*

Elle se rappela de l'histoire du chemin de fer, de cette maison du garde-barrière mangée par la végétation. Elle se rappela de ce type mais pas de son visage. Juste sa voix. Une voix douce et posée. Que lui avait-il dit déjà ? Impossible de s'en souvenir, trop flou, trop confus.

Ce n'était pas grave de toute façon. Vu la douleur et les circonstances, elle conclut qu'elle avait été électrifiée. Lorsqu'elle bossait en région parisienne, elle avait suivi le stage Taser et elle y était passée, comme tout le monde.

Les deux seules différences, c'est qu'elle ne s'était pas réveillée avec les mains attachées dans le dos et qu'elle ne s'était pas pissée dessus au moment de son stage. Mais sinon, les jambes en coton et la douleur au niveau du point d'impact étaient les mêmes. Donc elle s'était fait taser. Ça, c'était sûr.

Elle était maintenant au fond d'elle ne savait quelle cave, condamnée à attendre.

À attendre quoi ? Le type qui l'avait électrifiée l'avait-il emmenée ici pour ne plus jamais revenir ?

Son esprit se remit à divaguer. Beaucoup de choses lui arrivèrent en même temps dans la tête. Ses deux enfants, son mari sa maison, ses parents... C'est à ça qu'on pense quand on va mourir ?

Mais non idiote, tu ne vas pas mourir. Faut que tu te barres de là. On va venir te chercher, on va bien s'apercevoir que t'es pas là. Bien sûr qu'on va s'en apercevoir mais quand ? On est quand là ? Il y a combien de temps que j'ai mangé ce kebab ?

Elle chercha son téléphone dans sa poche arrière mais il n'y était pas.

Tu m'étonnes, le mec qui t'a mise dans ce trou ne va pas te laisser ton portable. Pareil pour ton flingue.

Elle tenta désespérément de forcer sur la corde qui retenait ses mains. Pas la peine, c'était trop serré. Ça lui faisait plus mal qu'autre chose. Elle cria un « Eho » pour se rendre compte de la grandeur de l'endroit où elle était. Ce n'était pas étroit mais il n'y avait pas d'écho. Son « Eho » eut un écho sourd.

À force de tenter de se calmer, elle avait l'impression d'avoir récupéré tous ses esprits, d'être lucide. Alors elle pleura. Ce n'était pas une héroïne, Léonie. Elle ne savait pas quoi faire dans ce genre de situation. Elle voulait juste rentrer chez elle et revoir ses enfants. Elle voulait pouvoir partir en camping avec sa petite famille. Qu'allait-il bien pouvoir lui arriver ici ?

Elle ne voulait pas mourir. Et même si son cerveau implorait son esprit de remonter à la surface, celui-ci était en train de couler à pic.

Elle perçut un bruit au loin. Une sorte de cliquetis. Des pas qui semblaient s'approcher. Une lumière dansait dans ce qui ressemblait à un dessous de porte, à trois mètres devant elle.

Elle était littéralement hypnotisée par ce bruit qui grandissait. Il y eut encore un cliquetis beaucoup plus fort, tout près d'elle, et la lumière fut. L'encadrement d'une porte apparut et dans cet encadrement deux masses noires se dessinèrent, sur le halo d'une ampoule qui éclairait faiblement un couloir.

— T'as bien dormi chef ? Pas trop dur le réveil ?

Cette voix, c'était la même que sur le chemin. Elle n'était plus douce du tout. Maintenant elle la reconnaissait.

— Mais qu'est-ce qui vous prend Daniel ? Vous faites quoi là ?

— Ce n'est pas Daniel petite pute, c'est chef Martin.

Il s'approcha d'elle et lui envoya un grand coup de pied dans les jambes. Il tapa avec la pointe de sa Ranger et l'effet fut immédiat. Léonie hurla de douleur et se rallongea sur le sol en tentant de se tenir la cuisse. Geste rendu impossible par les liens. Elle avait l'impression qu'une boule avait poussé sur sa cuisse.

— Tu ne me tutoies pas et tu m'appelles chef Martin. On est d'accord ?

— OK chef Martin. Je vous en supplie, laissez-moi rentrer chez moi, s'il vous plaît.

Il tourna autour d'elle et lui asséna le même coup sur l'autre jambe.

— Un partout, balle au centre.

L'autre individu qui se tenait toujours dans l'encadrement de la porte pouffa de rire. Léonie hurla de nouveau mais pas pour les mêmes raisons que l'autre. Elle se remit à pleurer. Elle ne comprenait absolument pas ce qui lui arrivait et ne voyait pas comment elle allait sortir de là vivante.

— Arrête de pleurer fliquette. Tu as signé ton arrêt de mort en venant te mêler de mes affaires.

Léonie réalisa qu'elle n'avait rien compris, rien vu.

— Mais vos affaires de quoi ? J'essayais juste de retrouver les parents de la gamine de l'autoroute. Je ne m'occupe de rien d'autre vous savez… chef Martin.

Elle continua :

— Chef, je m'en fous de ce que vous faites. Je veux seulement rentrer chez moi et après j'oublie tout. Je vous le jure.

— Vous vous êtes passés le mot avec ton ami ou quoi ?

Léonie ne répondit pas en se demandant de qui l'ex-gendarme pouvait bien parler.

— Tu sais l'homme volant, celui qui a essayé de traverser la Manche à la nage en plongeant à Cap Gris Nez.

L'autre homme se remit à rire très fort puis reprit :

— Cet effroyable connard a eu la même idée que toi, celle de se mêler de mes affaires.

Léonie fut saisie d'effroi.

Marc.

— Il était là ?

— À ta place précisément. Et il m'a supplié de le laisser rentrer chez lui revoir ses deux gamines. Il a pleuré comme un môme, comme toi. Ah c'est sûr qu'il a dû trouver ça marrant votre petite enquête de merde sur cette morveuse de l'autoroute. Par contre, son séjour ici a été beaucoup moins drôle pour lui. Il est venu fouiner dans le coin, peu de temps après que l'on se soit croisés sur l'autoroute.

— C'est vous qui l'avez tué ?

— Chef Martin, hurla l'ex-gendarme en lui assénant un grand coup de pied qui se dirigeait vers ses côtes.

Heureusement pour Léonie, son bras droit encaissa le coup. Elle se tordit de douleur au sol plus par théâtre que par réelle nécessité.

— Tu t'es renseignée. Tu sais bien qu'il s'est suicidé, voyons. Il se promenait avec mon fils sur le haut de la falaise et il s'est précipité dans le vide sans que personne ne sache jamais pourquoi.

L'homme, dans l'encadrement de la porte, ria encore très fort.

— Tu comprends à qui tu as affaire maintenant, petite pute ?

— Oui chef Martin, souffla-t-elle du bout des lèvres. Je ne sais pas vraiment ce que vous faites comme trafic mais je crois comprendre que j'ai affaire à un type dont je n'aurais jamais dû croiser la route.

— Aaaahhhh. Ben tu vois que tu comprends. Tiens, comme on a un peu de temps, je ne vais pas te laisser mourir idiote. Pendant que mon fils va tranquillement préparer ton suicide, on va pouvoir parler.

— Mon suicide ?

— Oui oui, on suicide beaucoup dans la famille, explosa-t-il de rire. N'est-ce pas fiston ?

Les deux rirent de plus belle.

Je suis tombée sur des fous, ce n'est pas possible.

Léonie était terrorisée. Elle était dans une pièce seulement éclairée par le faible halo de l'ampoule d'un couloir avec deux types dont elle ne voyait pas les visages. Et elle allait mourir.

— Alors voilà, lâcha l'homme. Voici la réponse à la question que tu te poses depuis quelques mois. Les accès de service, c'est moi qui ai récupéré les clefs. Mon fils, assez régulièrement, va pêcher à Paris. Il pêche à la camionnette floquée boucherie halal à Calais. Et lorsqu'il revient, il a besoin de ne pas être contrôlé par tes collègues. C'est bien pensé, n'est-ce pas ?

Encore un rire gras et con de la part de l'autre.

— Je ne comprends pas bien chef Martin.

— T'as raison, je vais trop vite. Je vais bien t'expliquer.

— Vois-tu, mon fils se rend quelquefois à Paris à bord de notre véhicule. Tu sais, celui que tu as aperçu sur l'autoroute avec ce pauvre Marc. Lorsqu'il arrive sur le secteur de la porte de la Chapelle, il le stationne dans une ruelle un peu reculée, pas loin d'une entreprise pourrie. Il sort et colle une plaque aimantée sur la tôle où il y a marqué en arabe « Boucherie hallal Calais » et puis il va faire un tour dans le quartier.

À presque chaque coup, c'est bingo. On a des métèques qui montent dans le fourgon par la porte arrière qu'il laisse entrouverte. Dès qu'ils voient Calais marqué sur le véhicule, ils se mettent à bander. Depuis le temps, il a pris quelques leçons d'arabe, ça aide à mettre en confiance. Là, ils discutent un peu. Ils ne se racontent pas leurs dernières vacances et ce n'est pas une conversation philosophique non plus. Il leur fait comprendre qu'il va à Calais et que, s'ils ont un peu de sous, ils peuvent voyager.

On a installé un dispositif très ingénieux qui est rudement au point. Il y a trois ou quatre personnes qui peuvent voyager bien planquées sans attirer l'attention. Ensuite, on ramène tout ce petit monde ici même et ensuite, on fait le même boulot que toi mais de façon beaucoup plus efficace.

— Mais dans quel but chef Martin ?

— Quel est le pourcentage d'étrangers en situation irrégulière qui sont réellement expulsés de France après leur arrestation ? Tu le sais Léonie. Tu le sais très bien, non ?

— Trois pour cents à peine chef Martin, balbutia Léonie sans trop comprendre la raison de la question.

— Exact. Eh bien chez moi, c'est quatre-vingt-dix-neuf pour cents d'efficacité. Pas besoin de passer devant le juge des libertés et de la détention pour retourner à la maison. Pas besoin de les enfermer dans des centres où la quasi-totalité sont libérés pour des motifs futiles. Pas besoin de gaspiller l'argent du contribuable. Ils passent devant moi et basta. Il n'y en a pas un qui arrive à Calais. La seule qui ait réussi à s'en sortir, elle le doit à une malheureuse négligence de mon fils. Ce con avait oublié de verrouiller la porte arrière ce jour-là. Il était trop excité par sa prise.

Il se retourna et regarda l'homme dans l'encadrement. Ce dernier baissa la tête, comme un enfant.

— Et même ça, ça n'a intrigué personne. Puisque aucune famille ne se plaint. Zéro enquête. Il n'y a que toi qui sois venue me faire chier et qui aies compris le coup des accès de service. Mais ce que je fais est trop grand pour que tu puisses imaginer l'ampleur de mon entreprise ; pour que tu aies pu voir l'énormité de la chose.

Léonie comprenait trop bien ce que Martin était en train de lui expliquer.

— Toi et tes collègues, vous avez cru avoir affaire à une histoire de trafiquant de migrants. Que nenni, hurla-t-il, c'est au diable que vous vous confrontiez !

Il reprit :

— Quand mon fils les ramène ici, ils n'en sortent pas. Allume Guillaume !

L'homme dans l'encadrement tendit son bras sur le mur et poussa un interrupteur qui alluma une lumière assez forte. Léonie fut éblouie dans un premier temps, passer de l'obscurité à la lumière est toujours un exercice difficile pour les yeux. Peu à peu, elle les ouvrit et regarda autour d'elle. Devant elle, Daniel Martin apparut dans sa tenue kaki comme elle l'avait vu dans le chemin. Son visage était déformé par quelque chose qui le rendait mauvais. La colère, la haine ? Elle observa ensuite l'homme dans l'encadrement de la porte. Il avait de larges épaules et le crâne complètement rasé. Elle ne vit qu'un visage assez ordinaire qui semblait satisfait de ce qu'il regardait avec insistance dans le dos de Léonie.

Elle se retourna difficilement et une nouvelle fois, son cœur s'emballa. Elle comprit pourquoi elle trouvait l'odeur de la pièce infecte.

Elle était bien en présence du diable, en enfer.

Chapitre XXIV

Le même jour.

L'homme était noir. Peut-être était-ce sa couleur de peau d'origine. Rien ne pouvait l'indiquer. La croix sur laquelle il était crucifié ressemblait à celles des églises. Deux énormes pointes d'acier étaient plantées dans la paume de ses mains. La tête était penchée en avant. L'œil gauche avait commencé à couler. Était-ce encore seulement un œil ?

Quelque chose de visqueux sortait de la bouche. La langue ?

Il était mort sans aucun doute possible. Depuis combien de temps ? C'était une autre question.

Léonie associant l'odeur au cadavre, en vomit son kebab et ses frites, instantanément.

Elle se retourna, difficilement, en roulant sur le sol vers ses tortionnaires. Elle ne voulait pas en voir plus.

Les deux rirent très fort en voyant la pauvre Léonie, le visage blafard et le restant de son kebab sur sa veste.

Surtout le gros qui, dans l'encadrement de la porte, se tenait le ventre tant il riait.

— Mais putain, vous êtes des tarés tous les deux !

C'était sorti comme ça, d'un seul coup.

— Qu'est-ce qu'ils vous ont fait nom de Dieu ?

La réaction fut immédiate. Le pied gauche du chef Martin vint heurter la tempe de Léonie. Elle s'écroula. Du blanc avait envahi ses yeux, comme un brouillard. Elle entendait encore le rire des deux mais ne les voyait plus distinctement.

Ça ne dura pas très longtemps, mais quand elle reprit ses esprits, l'ex-gendarme la prit par les épaules et la rassit.

— Il ne t'a pas expliqué le général, ce qu'ils m'ont fait ces métèques ?

Devant le silence, il continua.

— Tu sais Bayol, le général de mes deux, celui qui t'a raconté ma vie. T'as chialé au fait, ou tu t'es retenue ?

— Chef, je sais pour votre accident mais je n'y suis pour rien et eux non plus, dit-elle en montrant des yeux l'homme sur la croix.

— T'es sûre de ça ma grande ? Il te l'a dit Bayol comment avait eu lieu mon accident sur l'A1 ? Il t'a dit que le chauffeur du poids lourd qui s'est déporté sur le rail central de l'autoroute avait dévié de sa trajectoire parce qu'il venait de découvrir dans sa couchette une famille de bamboulas qui étaient montés à bord sur une aire d'autoroute à Lille ? Ces négros avaient été délogés de l'église Saint-Bernard à Paris. Tu t'en souviens dit, de l'église Saint-Bernard avec Manon des sources dedans ?

Léonie eut une vision d'enfance fugace du journal de 20 heures avec Emmanuelle Béart et des sans-papiers dans une église.

— Quelques mois après avoir été dégagés, ils revenaient vers Paris. Le chauffeur a été surpris et il a dévié de sa putain de trajectoire.

Martin ne parlait plus, sa voix se muait en hurlement.

— Il a dévié et moi, je le doublais. J'ai vraiment cru qu'il allait me voir tu sais.

Martin revivait son accident, son regard était ailleurs.

— J'ai klaxonné au moins dix fois. Ma femme a commencé à crier et mon fils aussi du coup. J'ai pilé... Pas la voiture derrière nous... C'était une Peugeot.

Je me suis réveillé quelques heures plus tard et on m'a dit que mon fils n'avait visiblement pas souffert. Moi je n'avais rien, pas l'ombre d'une égratignure. Ma bagnole n'était plus qu'un énorme tas de tôles. Moi et ma femme n'avions rien. Mais quand je te dis rien, c'est qu'on n'avait plus rien. À cause d'une putain de famille de négros, j'ai tout perdu ce jour-là. Alors tu vois, Léonie, aujourd'hui, tout ce qui arrive en France sans y être invité, je l'expulse. Mais comme je n'ai pas d'endroit où les faire partir, je les expulse de la planète Terre directement.

Il ricana mais d'un rire beaucoup plus triste, un rire forcé. L'autre homme ne riait pas en revanche.

— Tiens, t'en veux ? fit Martin en désignant Léonie à l'autre homme. Il faut que j'aille préparer son suicide.

L'autre regarda Léonie quelques secondes et acquiesça.

Non, pas ça, pensa Léonie en voyant l'autre homme arriver vers elle.

— Vous allez faire quoi maintenant ?

L'autre recommença à ricaner en enlevant le passant de sa ceinture.

Non, non, non. Surtout pas ça.

Impossible de finir comme ça, dans cet enfer, et violée par ce dégénéré. Léonie venait à peine de reprendre ses esprits, suite au dernier coup de Martin qu'elle recommençait à les perdre.

Non, pas violée, pas ici.

Ses pensées allaient à cent à l'heure mais elle ne voyait pas comment sortir d'ici. Elle avait des menottes aux chevilles et les mains liées dans le dos. Elle ne s'était pas faite à l'idée de mourir mais elle l'envisageait de plus en plus. Elle se débattait sans pouvoir bouger.

Une fulgurance traversa son esprit. Au minimum, il devrait lui enlever les menottes aux pieds pour lui écarter les jambes. Quoiqu'il arrive, elle viserait les couilles de toutes les forces qu'elle pourrait réunir. Elle mourrait peut-être, mais elle ne mourrait pas sans faire de dégât, beaucoup de dégâts.

L'autre lui prit les pieds et commença à fouiller dans ses poches. Il cherchait les clefs.

Viens mon gros tas, je vais te faire plaisir.

La panique l'avait provisoirement quittée. Elle était décidée à lui exploser les burnes. À lui faire sortir ses deux noix par les yeux.

— Eh, ducon !

L'autre se retourna.

— Tu veux qu'elle t'explose les couilles comme la petite de l'autre jour ?

Il dut se sentir con et sortit les mains de ses poches, tout honteux.

— Tu la retournes et tu la mets à quatre pattes.

Il la saisit et presque d'un seul bras la mit sur ses genoux, les mains dans le dos, la tête par terre. Léonie avait le crucifié en face d'elle, à une dizaine de mètres. Tout espoir l'avait quittée. Elle savait maintenant qu'elle allait mourir, elle pensa à ses enfants, ses parents, son mari. Même son abruti de patron lui vint à l'esprit. Elle ne pouvait même plus pleurer. Elle tremblait. Sa vague idée d'éclatage de couilles l'avait abandonnée. Rien ne pourrait la sauver.

— Guillaume !

Léonie entendit l'homme qui se retournait.

— T'es gentil, je n'ai pas envie de voir ton gros cul flasque lui éclater le fion lorsque je reviens. Tu lui mets la tête face à la porte. J'en ai pour une heure au maximum. On va innover avec elle.

Ils rirent encore.

Guillaume, puisque tel était son prénom, prit Léonie par le haut de son jean et la souleva comme une feuille. Il la remit dans la même position mais face à la porte. Unique sortie de ce lieu où les âmes étaient damnées.

Léonie vit Martin s'approcher d'elle. Il lui susurra à l'oreille avant de partir dans le couloir :

— Tu peux gueuler tout ce que tu veux fliquette, ici personne ne t'entendra. Essaye au moins de prendre autant de plaisir que mon fils.

Elle voulut le supplier, elle voulut implorer sa pitié. Elle était même prête à faire toutes les saloperies que ces deux dégénérés lui demanderaient. Si seulement elle avait un espoir de revoir ses enfants.

Elle repensait à eux lorsque qu'elle sentit son jean craquer. Guillaume était en train, avec une lame, de couper son pantalon de haut en bas. Elle essaya de penser encore à ses enfants mais il lui était complètement impossible de faire abstraction de ce qui se passait dans son dos.

L'autre baissa son pantalon, son slip. Son jean avait été lacéré et déchiré. Sa culotte était sur ses genoux.

Elle sentit le sexe de l'autre, durci, sur ses fesses, qui cherchait. Dans un réflexe elle se tendit et se retrouva sur le ventre, raide comme un piquet. Guillaume la prit par la taille et la remit dans sa position initiale. Elle ne pouvait rien faire, absolument rien. Il était beaucoup trop fort.

D'ailleurs, ses forces la quittaient peu à peu.

Léonie, bien que baptisée, ne croyait plus en Dieu depuis longtemps. Elle était en train de prier pourtant lorsque qu'elle ressentit une douleur inimaginable dans le bas de son dos. Était-ce son anus, son sexe. Elle aurait été incapable de le dire tellement elle avait mal, tellement tout cela lui paraissait insoutenable, tellement elle mourrait...

Guillaume tout à son plaisir sentit un picotement au niveau de la nuque. Non, c'était plus qu'un picotement. Une sorte de douleur assez faible mais qui le gênait vraiment dans sa quête.

De sa main droite, il essaya de chasser l'intrus et rencontra une tige assez fine qui semblait coller dans sa propre nuque. Il tira dessus mais elle ne vint pas. Il n'avait plus beaucoup de force dans son bras gauche pourtant si puissant d'habitude.

Léonie fut alors éjectée du bas du corps de Guillaume, comme si ce dernier avait pris conscience de l'abomination qu'il était en train de commettre.

Elle comprit seulement qu'il avait fini sa besogne et que maintenant, elle allait attendre la mort qui arrivait. Elle voulait juste que ça aille vite. Elle avait tellement mal dans le bas ventre. Le haut de ses jambes était pris de crampes.

Elle était encore sur le ventre lorsqu'elle entendit un bruit sourd. Guillaume avait cessé de pousser ses grognements de plaisir et il poussait un cri différent. Beaucoup plus guttural.

Léonie se demandait s'il allait la tuer tout de suite ou si, peut-être, il était en train de se masturber lorsqu'elle comprit qu'il y avait quelqu'un d'autre derrière elle. Elle se retourna et vit un homme noir en train de tomber à genou, à côté de Guillaume, lui aussi à genou, le pantalon bas et le sexe tendu vers elle. L'homme noir s'affala sur le ventre, à côté de Guillaume qui regardait Léonie d'un air de plus en plus surpris. Il ne bougeait pas. Il restait là, l'air complètement hagard.

Léonie ne saisit pas tout de suite ce qu'il se passait mais lorsqu'elle vit que Guillaume ne bougeait pas et restait sur les genoux, une main derrière la nuque comme figé dans la pierre, elle comprit que son salut était là. Les forces qui l'avaient quittée revenaient peu à peu. Elle n'eut pas mille idées qui lui traversèrent l'esprit, elle n'en eut qu'une. Elle l'avait déjà fait, elle savait qu'elle pouvait le refaire.

En des temps plus anciens, lorsqu'elle travaillait en brigade de police-secours, dans un commissariat de Seine-Saint-Denis, le jeu avec ses collègues était de s'attacher les mains dans le dos et de réussir à les passer devant.

Souvent, les femmes y arrivaient mieux que les hommes. Leur souplesse naturelle était plus grande. Certes, les années avaient passé mais Léonie s'entretenait physiquement et faisait encore, lorsqu'elle en avait le temps, des étirements. Ça allait passer.

Elle plaça ses poignets le plus bas possible et haussa ses hanches à fond. Ça ne passait pas. Les cordes à ses poignets étaient remontées trop haut. Elle réessaya mais pas moyen. La panique revenait peu à peu. Elle leva la tête en direction de la porte. Rien de ce côté-là.

Dans l'autre direction, Guillaume n'avait toujours pas bougé. Une rage puissante sortit des tripes de Léonie. Elle poussa un cri assourdissant. Ça venait du ventre, d'un endroit indéfinissable. C'était plus que de la rage, c'était peut-être de la haine. Elle retenta le geste en se disant que si elle devait de déboîter une épaule, elle le ferait. Il ne manquait pas grand-chose, elle le sentait.

Pourquoi ce coup-ci, les mains passèrent-elles devant ? Avait-elle poussé plus fort, plus en souplesse ? Avait-elle levé ses hanches plus haut ? Peu importe. Ça venait de passer. Elle avait les mains devant. Elle se mit debout mais l'acier des menottes lui compressait les deux tendons. Elle n'irait pas loin comme ça. Impossible de marcher avec des menottes aux pieds. Tous les flics de France le savaient.

C'est bien pour ça qu'il était interdit dans le règlement de menotter les suspects aux pieds. Ça pouvait leur faire mal, très mal même...

Elle s'allongea et roula jusqu'à Guillaume. Elle se releva devant cet homme qui respirait assez fort sans bouger. La voyait-il seulement ? Elle ne comprenait toujours pas ce qu'il se passait mais elle s'en foutait royalement. Le billet de sortie ne passait pas vraiment par une phase de réflexion intense. Elle se colla de dos, face à l'homme et plongea ses mains dans la poche droite de la veste.

Elle l'avait vu fouiller ses poches pour lui retirer les menottes. Elles étaient dedans. La chance, car il fallait bien qu'elle tourne un jour, voulut qu'elles soient dans la première poche qu'elle fouilla. Elle pouvait s'appuyer contre Guillaume, il ne bougeait pas d'un poil. Il devait au moins peser cent-trente kilos et ce n'est pas ses soixante kilos toute mouillée qui allaient faire vaciller ce colosse. Les clefs tombèrent au sol et Léonie fut obligée de s'asseoir pour les récupérer. Elle prit le trousseau et ôta rapidement les deux menottes qui lui entouraient les chevilles. Première délivrance. Un bien-être et une chaleur incroyables s'emparèrent de ses pieds.

Mais pas le temps de moisir ici ma fille.

Elle se leva et regarda autour de Guillaume. Au sol, elle vit le couteau dont il s'était servi pour fendre son jean. Une dague dont les chasseurs se servaient pour dépecer les sangliers. Elle s'en saisit immédiatement. Déjà, ça allait mieux. Elle pouvait se défendre. Elle tenta de couper la corde autour de ses poignets mais elle se rendit compte que l'opération allait prendre beaucoup de temps. Et du temps, elle n'en avait pas. Elle remonta sa culotte. Regarda l'homme qui était allongé face au sol. Il était immobile. Il semblait ne pas respirer.

Guillaume ne bougeait pas non plus, il était là, posé sur ses genoux, ses fesses sur les talons mais lui, il respirait au moins. Une respiration rauque et grave.

C'était peut-être un peu lâche pour l'homme allongé mais son problème était de partir le plus loin d'ici et le plus vite. Elle reviendrait ensuite avec la cavalerie. Elle marcha vers la porte lorsqu'elle l'entendit siffler.

Il revenait en sifflant. De nouveau, la peur l'envahit. Elle avait un couteau mais ses mains étaient liées. Va te défendre avec ça...

Elle observa la porte, le couloir.

— Dis donc mon salaud, tu l'as bien fait gueuler celle-là. Je l'ai entendue de l'entrée.

Martin avait l'air détendu et rigolard. Comme si rien n'était grave. Il allait bientôt arriver, sa voix était de plus en plus forte.

Elle remarqua qu'il avait laissé les clefs sur la porte en partant. Il était trop tard pour s'enfuir, il allait falloir se battre et viser juste. Elle se cacha derrière la porte.

Elle ne respirait plus lorsqu'il entra.

Chapitre XXV

Guillaume, à genoux, le sexe redevenu flasque, cherchait l'air de plus en plus difficilement.

À ses côtés, un inconnu allongé sur le ventre, assez mal en point pour ne plus bouger du tout, avec en toile de fond un homme crucifié en train de se liquéfier.

Voilà ce que Léonie voyait depuis l'arrière de la porte où elle s'était réfugiée.

Martin pénétra dans la pièce, fit un mètre et s'immobilisa. Quelque chose coinçait dans sa belle petite mécanique meurtrière.

Tout doucement, il murmura « Guillaume ». Puis il se précipita vers lui et s'agenouilla devant lui en prenant sa tête entre les mains.

Léonie ne s'attendait absolument pas à ça. Elle était prête à aller défendre chèrement sa peau avec un dague de chasse en main et là, elle assistait à une scène qui aurait pu être poignante en d'autres circonstances. Elle sortit de la pièce et, prenant la poignée de la porte, la claqua. Rapidement, elle ferma à clefs. Elle s'écarta rapidement de l'encadrement de la porte et courut dans le couloir. Elle n'entendait plus rien, elle ne voyait que la lumière au fond.

La lumière au bout du tunnel lui était venue à l'esprit pendant son viol, mais celle-là était presque palpable. Le couloir devait mesurer trente mètres de long et au fond, cette lumière, qu'elle pouvait toucher du bout des doigts.

Elle se rendit compte qu'elle était dans une grotte.

Arrivée au bout du tunnel, elle pénétra dans une pièce construite en briques et en bois. Elle fixait son attention sur la lumière qui provenait de la porte. Elle aperçut des herbes et des branches qui semblaient collées dessus, du côté extérieur. À aucun moment, elle ne douta. Elle sortit de ce loft troglodyte et arriva dans un bois sans chemin. Elle referma la porte en tirant sur les branches collées à celle-ci. C'était bluffant, elle avait l'impression de n'être sortie de nulle part. Voire d'un bouquet de branches et d'herbes collé à une paroi crayeuse d'environ cinq mètres de haut. Par contre, il n'y avait pas d'issue claire par où passer, pas de sentiers, la végétation était là, dès la sortie. Elle longea alors cette petite falaise de craie dans laquelle était creusé l'endroit d'où elle sortait. Elle ne regarda à aucun moment derrière elle. Elle avançait le plus vite possible.

Au bout d'une éternité, elle arriva enfin sur un chemin qui s'élevait entre cet amont de craie et cet entremêlement de branches et de ronces. Elle reconnut tout de suite l'endroit. L'ex-gendarme était certainement sorti de là lorsqu'elle-même était sur le chemin, en train de regarder la maison du garde-barrière. Elle savait par où aller. Elle fit une centaine de mètres avant que ses poumons n'explosent. Le goût du sang lui arriva aussitôt dans la bouche. Ses jambes remplies d'acide lactique lui faisaient un mal de chien. Elle se retourna, il n'y avait personne. Elle ne voulait pourtant plus s'arrêter. La route était à trois cents mètres maintenant. Elle ne sentait plus rien. Ses jambes, sa bouche, sa tête. Rien qu'un poids insoutenable qui l'empêchait d'avancer. Elle se retourna de nouveau. Toujours personne derrière elle. Elle était à peine à cent mètres de la route lorsqu'elle commença à pleurer. Elle avait l'impression que si près du but, rien ne pouvait plus lui arriver et en même temps, elle savait qu'ils allaient peut-être se trouver sur cette route lorsqu'elle arriverait. Riant tous les deux du bon tour qu'ils venaient de lui jouer.

L'asphalte de la RD 1001 ne fut certainement jamais aussi bon à toucher pour un être humain qu'à Léonie, ce jour-là.

Face à elle, la petite route qui menait à l'A16, à gauche, elle devinait Froissy au loin.

Elle s'immobilisa, ne pouvant plus aller plus loin. Ses poumons lui interdisaient de prendre plus d'oxygène, ses jambes ne la soutenaient presque plus. Elle voulait s'allonger sur la chaussée mais quelque chose le lui interdisait. Elle devait continuer à marcher, à se rapprocher de la civilisation. Elle voulait aller du côté de Froissy mais son corps entier la suppliait de faire une pause. À cet instant, un véhicule venant de Beauvais arriva dans le lointain. Elle avait les mains sur les genoux, en train de reprendre son souffle. Elle se releva et fit de grands signes au conducteur en posant ses mains liées sur la tête.

— Arrêtez-vous, arrêtez-vous ! cria-t-elle.

Au lieu de ralentir, le véhicule accéléra et fit un détour pour l'éviter.

Au moment où il la dépassait, elle vit une femme à l'intérieur qui avait l'air terrorisé et un enfant en bas-âge dans un siège bébé à l'arrière.

— Mais c'est pas possible ! hurla-t-elle.

Elle regarda la petite berline japonaise qui partait au loin, la laissant seule, en culotte et les mains liées au milieu de nulle part.

Léonie se retourna en direction du chemin, craignant toujours de voir les deux dégénérés revenir, mais le chemin était vide.

Son souffle revenant peu à peu, Léonie commença à marcher le long de la route en direction de Froissy. Le soleil se couchait. Était-on encore jeudi ? Était-ce toujours la veille des vacances ? On était le soir et il devait être aux environs de 20 heures ou quelque chose comme ça.

Tout en marchant, elle regarda la dague qu'elle avait en main et se dit qu'effectivement, une femme en culotte, avec de belles traces de vomi sur son chemisier qui brandit une dague au-dessus de sa tête ne peut pas vraiment inspirer confiance à une femme seule avec son bébé à bord.

Elle n'avait pas fait cent mètres que ses jambes commencèrent à montrer de réels signes de fatigue. Une crampe lui monta le long du mollet droit. Elle fut obligée de s'arrêter et de tendre son pied pour étirer le mollet.

J'ai deux psychopathes aux trousses et moi je m'étire comme si je venais de finir mon jogging du dimanche.

Elle entendit alors derrière elle, le moteur d'un tracteur. Il tirait une remorque pleine de ballots de paille bien jaunes et qui semblaient briller dans l'éclat du soleil couchant. Elle lança sa dague dans le fossé et se plaça au milieu de la route. S'il voulait continuer sa route, il devrait lui passer dessus.

Le conducteur du tracteur était un vieil homme. Sur la remorque, en haut du tas de paille, il y avait deux autres personnes, beaucoup plus jeunes. Le tracteur s'immobilisa. C'était un Massey Fergusson. Elle sourit. Le premier sourire depuis une éternité. Elle se revit, le temps d'un instant où elle montait avec son oncle et son père sur les remorques de paille l'été, chez son grand-père, ancien agriculteur. Pourquoi pensa-t-elle, à ce moment-là, à ces étés passés en famille à charger des bottes de paille sur une remorque, il y a trente ans de cela ? Quoi qu'il en soit, ce fut la dernière pensée qui traversa son cerveau. Au moment où le tracteur arrêta son moteur, une pression incroyable s'exerça sur ses carotides. Comme si les deux grosses artères qui reliaient le cœur à sa tête s'étiraient. Un voile blanc s'installa en panavision et ses jambes se dérobèrent sous elle.

Elle tomba au sol et sa tête vint lourdement taper le bitume chaud de la route qui reliait Beauvais à Amiens.

*

Des nuages. C'était bien ça. Elle était dans des nuages. Non, pas exactement dans, mais sur des nuages. Un gros nuage blanc et cotonneux dans lequel elle marchait. Elle avait l'impression de flotter dans l'atmosphère mais en même temps, chaque pas qu'elle faisait dans ce nuage lui donnait l'impression de peser une tonne.

Léonie, on ne peut pas marcher dans les nuages. Ce n'est pas possible ma vieille ! Les nuages sont une formation de minuscules gouttelettes d'eau. On ne marche pas sur les nuages, on les traverse et on en ressort trempé. Donc ce n'est pas ça Léonie. T'es pas sur un nuage. T'es où alors ? Rassemble-moi tout ça et fait un check. C'est quoi ton dernier souvenir ? Cherche, cherche ma fille. Ah oui, un tracteur. Un Massey Fergusson même. Mon père aurait pu me dire lequel mais pour moi, ce n'est pas possible. Déjà que j'ai la marque, c'est déjà pas mal. Ensuite. Ah oui ! Il y a un vieil homme qui conduit. C'est mon grand-père et moi je suis dans la remorque avec mon oncle et mon père. J'ai douze ans. Mais non, arrête Léonie, t'as pas douze ans c'est impossible. Et puis j'ai mal. J'ai tellement mal au sexe. Qu'est-ce qu'il m'est arrivé nom de Dieu ? Mon grand-père m'a violée. Oh merde, c'est quoi ce truc. Je suis où là ? Je suis morte peut-être. Oui, ça doit être ça. Je suis morte. Je suis devenue une sorte d'ectoplasme et je flotte dans l'atmosphère. Tiens, mon prénom. Je vois mon prénom qui brille dans le loin.

Et si je me rapprochais. Oh comme c'est compliqué de me rapprocher de ce prénom. Il est proche mais mes jambes sont lourdes. Tellement lourdes. C'est quoi ce bip ? C'est marrant ça, à chaque fois que je fais un pas, il y a un bip qui retentit dans ce nuage. Et si je courais ? c'est super dur mais le bip accélère. Ça, c'est drôle.

Bip, bip, bip, bip, bip...

— Léonie ? Léonie, tu m'entends mon amour ?

La voix de mon mari. Qu'est-ce qu'il fout là lui ? Il est mort aussi ?

Léonie ouvrit les yeux dans une chambre aux murs jaunes. Elle mit deux bonnes minutes à faire le point avec ses yeux. Tout était flou. Une main se posa sur son épaule et la secoua doucement. C'était celle de son mari.

— Léonie, réveille-toi. Je suis là. On est tous là maintenant.

C'était un peu compliqué de revenir dans ce monde. Elle faisait des efforts considérables pour ne pas repartir là d'où elle venait. Ce n'est pas qu'elle y était mal, c'est qu'elle préférait être dans le monde où son mari l'appelait que dans celui où elle marchait dans des nuages et où chacun de ses pas faisait bip.

Comprenant peu à peu qu'elle était dans une chambre d'hôpital, elle réserva ses premières paroles. Elle essayait de faire le point, de voir où elle en était. Impossible de se souvenir comment elle était arrivée ici. Avait-elle eu un accident de voiture. Le tracteur ? Elle avait percuté un tracteur. Ses enfants allaient-ils bien ?

Une angoisse insoutenable monta de l'estomac vers sa gorge. Ses deux enfants étaient-ils avec elle dans la voiture ? Ses premières paroles furent le prénom de ses deux enfants. Elle les cria plus qu'elle ne voulut les murmurer.

— Chloé, Camille...

— Ils vont bien mon amour. Ils sont à la maison avec tes parents.

Léonie éclata en sanglots. Les larmes montèrent immédiatement. Une infirmière entra alors dans la pièce. Elle ne resta que quelques secondes puis repartit pour revenir cinq minutes plus tard en compagnie d'un médecin.

Lorsqu'il entra, il vit Léonie qui séchait ses larmes et tenait la main de son mari.

— Comment vous sentez vous aujourd'hui, Léonie ?

Elle ne put réprimer les nouveaux pleurs qui lui montaient dans la gorge.

— Qu'est-ce que je fais ici, docteur ?

— C'est ce que nous souhaiterions tous savoir ma chère. Vous avez vraisemblablement été victime, comment dire... d'un très gros traumatisme.

Le médecin cherchait visiblement les derniers mots.

— On vous a retrouvée sur une route au nord de Beauvais et il est assez probable que l'on vous ait agressée. Vous vous souvenez de votre prénom ?

Elle comprit aussitôt qu'elle allait avoir le droit à toutes les questions sur son état civil et sur sa vie de famille. Histoire, pour le médecin, de juger l'état de son cerveau.

— Docteur, je vous arrête, je me souviens de ma vie. Ne vous inquiétez pas.

Même s'il y eut quelques hésitations, Léonie récita sa vie dans le bon ordre et sans rien oublier. Elle cala sur la date de son mariage sous le regard amusé de son mari qui semblait lui signifier : Et dire que tu me fais à moitié la gueule quand c'est moi qui l'oublie.

— Pourquoi c'est si difficile de me souvenir de ces choses-là, docteur ?

— Disons que les premiers jours ici vous ont été un peu difficiles. Nous avons été obligés de vous sédater pour vous permettre de vous reposer.

— Parce que je suis ici depuis combien de temps ?

— Tu as été retrouvée pas loin de Froissy, jeudi soir dernier et nous sommes mercredi, indiqua son mari. Il y a donc presque une semaine que tu es là. Tu avais quitté ton boulot vers midi et tu as mangé dans un kebab dans le centre de Froissy, toute seule. C'est un cultivateur qui t'a retrouvée le soir vers 21 heures. Tu ne te souviens vraiment de rien mon amour ?

Elle fit un gros effort de concentration mais rien ne lui venait. La moindre pensée lui coûtait beaucoup d'énergie.

— Ne vous inquiétez pas madame, votre mémoire va revenir. Si vous vous souvenez aussi bien de votre vie, je ne doute pas que tout vous revienne bientôt. Dès que les effets des calmants auront disparu. Je vous laisse avec votre époux, à tout à l'heure.

Léonie se retrouva seule avec son mari. Il la prit dans ses bras et éclata en sanglots. Elle aussi se laissa aller. Lorsqu'ils eurent tous les deux essuyé leurs larmes, il prit la parole :

— Tu nous as fait si peur.

Il continuait à l'enlacer.

— On est où ici ?

Son mari la regarda avec des yeux interrogateurs.

— Mais à l'hôpital ma chérie. Tu viens de voir le médecin.

— Je sais, mais quel hôpital ? Nous ne sommes pas à Beauvais ici.

— Tu as été transportée à Amiens vendredi dernier.

— Quel service ?

Il hésita un moment.

— En gynécologie...

— Alors, j'ai été violée !

À ce mot, un éclair traversa la tête de Léonie. Elle le compara, bien plus tard, à la blessure au front de Harry

Potter qui le faisait souffrir lorsque Voldemort voulait entrer dans sa tête.

— Il y a des gendarmes ou des collègues qui s'occupent de moi ?

— Les gendarmes de la section de recherches d'Amiens ont pris le relais de leurs collègues de Froissy.

Calmant ou pas, tout revenait à la surface. D'un bloc. D'une réalité crue. Pas un détail ne manquait.

— T'as leurs numéros avec toi ?

— Oui, mais le médecin m'a demandé de ne pas les appeler tout de suite. Il veut te laisser te reposer avant qu'ils ne t'interrogent.

— Non, si tu m'aimes, appelle-les tout de suite. Et dis-leur que c'est urgent.

Un brin inquiet mais en même temps heureux de retrouver si vite celle qu'il aimait, il n'hésita qu'une demi-seconde. Il avait confiance en elle.

— Ils arrivent dans une demi-heure mais il va falloir que je négocie avec le toubib.

— S'il ne veut pas, dis-lui qu'il faut qu'il s'attende à ce que les patients de son service ne dorment pas beaucoup de la nuit tellement je vais foutre le bordel.

Il sourit.

— Je vais vraiment le faire tu sais.

Il leva les bras en signe d'impuissance.

— Ce que femme veut…

— Il m'est arrivé un truc de dingue et je crois que je n'ai pas envie de te le dire tout de suite. Pas à toi mon mari. Je vais en parler à un enquêteur et on verra après.

L'adjudant-chef de la section de recherches qui frappa à la porte 248 du CHU d'Amiens ce soir-là, n'était pas un perdreau de l'année. Il avait la tête du type qui a tout vu et à qui on ne la fait plus. Il se présenta et avoua à Léonie qu'il n'était pas encore allé voir le médecin, histoire de pas avoir à se prendre la tête avec.

— Pas grave, de toute façon, il n'aura pas le choix.

Léonie demanda à son mari de sortir. Elle ne se sentait pas prête à tout lui raconter et pensait qu'il n'était peut-être pas prêt à tout entendre.

Après quelques présentations durant lesquelles ils se permirent un tutoiement réciproque, Léonie expliqua l'histoire en raccourci. Histoire de permettre aux gendarmes de prendre des initiatives rapides concernant l'ancienne coopérative et d'y récolter des indices. Dès la fin du récit de son calvaire, le gendarme téléphona à son service et fit envoyer une équipe pour y faire des constatations. Léonie lui expliqua bien comment accéder à l'espèce de chemin qui menait à la porte, elle-même cachée par des branchages. Comment descendre sous la colline par le couloir et comment accéder à la pièce du crucifié.

En écoutant son histoire, le gendarme leva les yeux à plusieurs reprises. Il tiqua sans jamais rien dire sur plusieurs points. Le crucifié fut l'un de ceux-là.

— Je t'avoue qu'en m'écoutant parler, je me demande si tout cela n'est pas un mauvais rêve, conclut-elle.

En attendant des nouvelles des gendarmes partis sur place, Léonie revint sur l'intégralité de son enquête. En deux heures de présence dans la chambre d'hôpital, l'adjudant-chef savait tout.

— Tu vois Léonie, s'il n'y avait pas les examens gynécologiques qui prouvaient ton viol récent, je t'avoue que tout cela serait bien difficile à croire...

— Mais vous avez fait quoi exactement après m'avoir retrouvée ?

— On n'a pas été saisis tout de suite des faits. C'est la brigade de Froissy qui a commencé l'enquête. Ils n'avaient pas grand-chose sur toi au début. On ne savait même pas qui tu étais. Tu étais inconsciente quand tu a été retrouvée et tu n'avais pas de papiers ni de téléphone. Tu es partie au centre hospitalier de Beauvais et ce n'est que dans la nuit que les gendarmes ont été mis au courant qu'une policière avait disparu dans l'exercice de ses fonctions. Ils ont fait le rapprochement avec toi et on a été saisis à ce moment-là. Le lendemain matin, le médecin du centre hospitalier nous précisait que tu avais certainement été violée. Alors on est retournés sur place, on a fait une enquête de voisinage et on a appris que tu avais mangé dans un kebab à Froissy le midi même. Ton téléphone bornait dans le secteur en plus. Le problème, c'est qu'après, vers 15 heures, ton téléphone borne sur le secteur de Goincourt, le village où tu habites. Nous sommes alors partis voir du côté de ton mari assez rapidement. Tu comprends pourquoi ?

Oh que oui elle le comprenait bien. Il suffisait que Martin ait récupéré son téléphone après l'avoir tasée et qu'il l'emmène tranquillement près de chez elle. Il fait péter toutes les bornes de géolocalisation puis enlève la batterie une fois dans le village où elle habite. Une femme disparaît, son téléphone borne là tout près de chez elle. On soupçonne qui ?

— Ton mari t'a expliqué un peu ?

— Expliqué quoi ?

— Le samedi, on l'a placé en garde à vue et on a perquisitionné ta maison. Histoire de fermer les portes.

Léonie en avait mal au ventre.

— Très rapidement, on a verrouillé cette piste, c'était impossible que ce soit lui. Après on ne comprenait pas pourquoi ton téléphone bornait dans ton village et que toi, on te retrouvait à Froissy. Et comme l'histoire nous échappait un peu, on s'est concentrés sur le peu d'éléments matériels qu'on avait.

Il enchaîna comme s'il faisait un compte-rendu au procureur.

— On a fait des analyses sur les traces biologiques qu'on a retrouvées sur toi.

Il marqua une pause. Il venait de se rendre compte qu'il ne parlait pas au procureur mais à une victime.

Léonie blêmit. Des traces biologiques. Sur elle ? Dans elle plutôt... Du sperme. Ce moment-là fut d'une telle douleur pour elle, qu'elle l'avait effacé de sa mémoire mais il avait certainement eu lieu. Ce fils de pute avait certainement laissé sa semence. Et qui dit semence, dit peut-être maladie, surtout de la part d'un dégénéré qui n'en était pas à son coup d'essai.

— Léonie, si tu veux qu'on prenne une pause, je peux rappeler ton mari.

— Il est au courant ?

— Oui, il a été mis au courant de tout.

— Je suis en trithérapie ?

— Oui, vu qu'on n'a pas les analyses sanguines de l'auteur des faits, on a été obligé de commencer le traitement.

L'auteur des faits ? Était-il encore à genoux en train de respirer comme une truie, au milieu de cette grotte ? Martin avait-il réussi à le sortir ? Une fois de plus, Léonie fut prise d'angoisse. Et si Martin avait réussi à faire place nette ? Si les gendarmes arrivaient et qu'ils ne découvraient qu'une caverne vide et propre ? Si Martin revenait en s'en prenant cette fois-ci à ses enfants qui étaient avec leurs grands-parents, loin d'ici ?

Elle n'eut pas le temps de demander au gendarme plus de précisions, il venait de prendre un appel téléphonique.

Il ne répondit que par des oui et regardait Léonie de temps en temps.

Lorsqu'il raccrocha, ses seules paroles furent :

— Il faut que j'y aille, visiblement tu n'as pas fait un mauvais rêve.

Il sortit de la pièce. Léonie ne lui posa aucune question, elle ne pensait qu'à une chose.

Si Martin était parti, il reviendrait tôt ou tard...

Chapitre XXVI

11 décembre 2019, 17 heures 05.

— Maman, je pourrais avoir ça à Noël ?

Chloé était en train de compulser un catalogue de jouets et, à chaque page tournée, elle posait la même question. Inlassablement.

L'approche de Noël avait considérablement assagi la petite fille qui avait l'air d'un vrai petit ange à l'approche des vacances. Comme si tous les caprices et vilains tours joués à son petit frère tout au long de l'année pouvaient s'effacer en l'espace de quelques jours.

Léonie préparait le goûter, assise dans la cuisine. Elle lança le millième « On verra » du mois ; mêmes questions, mêmes réponses. Elle sourit.

Elle était restée à l'hôpital durant tout le mois de juillet. Ce ne fut que le 1er août qu'elle fut autorisée à sortir. Les gendarmes de la section de recherches d'Amiens avaient, dans l'entre-temps, fait un travail considérable.

Sur les indications de Léonie, une petite équipe était arrivée sur les lieux de l'ancienne coopérative agricole de Froissy. Les gendarmes de la brigade de Froissy avaient été dépêchés en premier, histoire de pas déranger la grande équipe de la section de recherches si tout cette drôle d'histoire n'était que fadaise. Le gendarme-adjoint et le retraité qui composaient la patrouille ne l'avaient pas regretté. Seul le gendarme-adjoint avait pu descendre le long de la paroi crayeuse jusqu'à la porte cachée. Le retraité avait un genou douloureux et il ne pouvait faire le chemin qu'il jugeait un peu trop compliqué. L'adjoint dut y aller seul, mit du temps à trouver la porte et à comprendre comment l'ouvrir. S'il n'avait pas su qu'il y avait une porte, il ne l'aurait jamais trouvée tellement elle était bien dissimulée. La clenche n'était pas au milieu comme sur les autres portes, mais, en bas à droite. Il appela alors son collègue pour lui dire qu'il y avait bien une porte derrière un tapis de verdure et qu'il allait entrer.

— Non petit ! Tu laisses ça aux professionnels. On sait qu'il y a une porte et derrière, ça nous regarde plus !

D'autres gendarmes étaient ensuite intervenus pour pénétrer dans cette grotte.

Derrière la porte se trouvait une pièce. Une pièce où un homme vivait tranquillement, depuis de nombreuses années. Tout seul. Ne recevant que la visite quasi paternelle d'un ancien gendarme. Cet ancien gendarme avait acquis par le jeu des successions cette ancienne coopérative qui avait appartenu à son arrière-grand-mère maternelle. Cette coopérative était adossée à une falaise crayeuse. Et dans la craie, des hommes avaient creusé une galerie pour, dans une époque lointaine désormais, y stocker des vivres à l'abri des intempéries. On parlait de muches en pays picard. Des souterrains refuges. Tout le monde dans le pays connaissait cette muche. Dans l'entre-deux guerres, tous les gamins du village y étaient descendus au moins une fois dans leur vie pour jouer à se faire peur. Elle avait été oubliée peu à peu. Les gamins d'aujourd'hui ne sortaient plus de chez eux. Trop dangereux sans doute.

L'ancien gendarme avait aménagé cette caverne. Un couloir menait à une grande pièce au fond. Par la suite, il avait rendu la porte presque invisible. Il n'y avait pas d'autre issue. Mais pourquoi avait-il fait ça ?

Le juge d'instruction Sophie Vandenabeelle dut répondre à cette question. Elle donna commission rogatoire aux enquêteurs de la section de recherches d'Amiens pour l'aider dans sa tâche, qui devint rapidement colossale. Elle dut même se faire aider par les juges du pôle criminel de Lille, car ce que découvrirent les premiers intervenants de cette histoire dépassait quelque peu l'entendement. Ils pénétrèrent dans la grotte en arrivant tout naturellement dans la pièce de vie d'une vingtaine de mètres carrés. Il y avait un lit, un petit poêle, une armoire et une table. Un ameublement digne d'un monastère. Les gendarmes découvrirent aussi un taser ainsi qu'un pistolet français de calibre 7,65 mm. Un petit calibre très apprécié dans les années d'avant-guerre jusqu'à une époque encore récente. Il y avait aussi un autre pistolet d'une marque allemande, un Luger de calibre 9 mm parabellum, un calibre beaucoup plus puissant et continuant d'équiper les polices et armées du monde entier.

Le tunnel à l'arrière mesurait précisément vingt-trois mètres. Il desservait une grande pièce qui avait autrefois servi pour entreposer les vivres des villageois, lorsque les Anglais venaient mettre à feu et à sang les paroisses alentours. Lorsque les militaires de la section de recherches arrivèrent au bout du couloir, la porte était toujours fermée à clef. Cette même clef que Léonie avait juste tournée pour verrouiller la porte. Rien de plus. De l'autre côté, la serrure avait été soudée depuis longtemps pour empêcher un petit malin de pouvoir la trafiquer et l'ouvrir. Personne ne pouvait s'échapper de cette pièce close et souterraine. Et d'ailleurs, à part Léonie, personne ne s'en était jamais échappé. Même pas le maître des lieux.

En ouvrant la porte, les gendarmes virent quatre cadavres. L'un était crucifié sur une croix en bois, mort depuis environ deux mois. Il ne fut jamais identifié car inconnu des polices européennes. Il est probable qu'il ait été d'origine syrienne. Tout ce dont les autorités furent certaines, c'est qu'il s'agissait d'une femme d'environ trente ans, dans un état de décomposition avancé. Elle tenait encore miraculeusement sur la croix malgré le fait que l'un des deux clous lui ayant transpercé les mains ne fut plus sur le bois mais planté dans la nuque du deuxième cadavre.

Le second avait le pantalon et le slip baissés. Il était finalement tombé sur le dos après être longtemps resté sur les genoux. La mort avait dû hésiter mais l'avait finalement pris sous son aile. Il y avait aussi un troisième mort. Il reposait sur le ventre, était de type africain. L'enquête permit de l'identifier comme étant Ahmed Ben Zerma. Il avait été interpellé quelques semaines plus tôt dans un train qui reliait Nice à Paris et avait été placé quelques jours dans un centre de rétention. Libéré pour un vice de procédure, on avait perdu sa trace jusqu'à le retrouver ici, une balle de 7,65 mm logée sous le cœur, dans la veine cave supérieure, qui reliait le cœur au diaphragme. Normalement la mort aurait dû être quasi-simultanée au tir, mais pour des raisons qui échappaient au médecin légiste, l'homme n'était mort qu'un long moment après. Il était resté au sol puis s'était levé et s'était saisi d'un des deux clous qui retenait la main de la crucifiée. Le bois à moitié pourri n'avait pas offert beaucoup de résistance. La nuque de sa victime n'en avait pas offert beaucoup plus à vrai dire. Par contre, le médecin légiste avait été très étonné du temps qu'avait mis l'homme pour mourir car il avait reçu ce gros morceau d'acier dans la nuque. Là aussi, la mort aurait dû être presque instantanée.

Cet homme de forte corpulence fut identifié comme étant Guillaume Liotard, fils d'Evelyne et de Joël Liotard, disparu de la circulation depuis la fin de son service militaire. Une analyse ADN pratiquée sur sa mère cancéreuse, en fin de vie à l'hôpital du Tréport, permit d'acquérir cette certitude. Elle prit la nouvelle de plein fouet. Sans nouvelles de son fils depuis plus de vingt ans, la suite de l'histoire précipita certainement la fin de son existence. Elle mourut quatre jours après avoir appris que son fils était décédé quelques jours plus tôt, dans des circonstances qu'on lui cacha.

Le dernier cadavre fut rapidement identifié comme étant celui de Daniel Martin. Il était mort d'une trop grande certitude. Celle d'avoir cru qu'aucun grain de sable ne viendrait jamais enrayer la mécanique de mort qu'il appliquait consciencieusement depuis longtemps déjà. Il était mort parce qu'il n'avait pas réussi à sortir de cette pièce, fermée à clef par Léonie. Lui-même avait soudé la serrure intérieure, vingt ans auparavant. Lorsqu'il avait pénétré dans la pièce, il avait découvert Guillaume, le visage surpris et effrayé à l'idée de mourir. Il avait pensé à un simple coup de fatigue et s'était précipité vers lui. Il pensait que le corps sur le ventre, à côté de lui était celui de la fliquette. Il n'aurait jamais imaginé que le noir aurait résisté à un tir à bout portant. Il n'avait pas inspecté le corps parce que Léonie pointait le bout de son nez dans l'ancienne maison du garde-barrière et qu'il fallait qu'il se dépêche. C'était là son erreur. Il aurait dû s'assurer que le type était mort. Jamais personne ne s'en était tiré. Pourquoi lui avait-il réussi à se relever et à poinçonner son Guillaume ?

Forcément, ça, il l'avait compris lorsque la porte s'était refermée. Il était tellement sûr de son coup qu'il n'avait même pas pris l'une des armes avec lui. Il avait laissé tout ça, là-bas, à l'autre bout du couloir. Il ne pourrait même pas se tirer une balle dans la tête avant l'arrivée des condés. Mais le séjour prolongé de Léonie à l'hôpital avait légèrement modifié la donne.

L'ex-gendarme était mort de soif tout simplement. On peut vivre sans manger durant des semaines. On ne tient pas une semaine sans boire. Rarement plus de trois jours en vérité. Sa tête portait des traces de coups. Le médecin avait indiqué que les maux de tête dont il avait dû souffrir à cause de la déshydratation l'avait conduit à se frapper la tête sur les murs de la grotte.

S'il n'y avait eu que ces quatre morts, la juge Vandenabelle n'aurait eu besoin de personnes pour son enquête. Non, le problème vint du fait qu'en fouillant un peu le sol de cet endroit, on découvrit rapidement des restes humains. Beaucoup... Des corps enterrés... vivants quelquefois. Ce fut le puzzle le plus compliqué que les techniciens en identification criminelle de la gendarmerie eurent à résoudre de toute leur carrière. On fit même appel à des types qui avaient eu affaire aux charniers en Serbie durant la guerre du Kosovo.

Au total, cent-treize corps ou morceaux de corps furent remontés à la surface. Des hommes, des femmes et des enfants. Les parents et le frère de Neïma étaient là eux aussi. On put déterminer qu'ils avaient été pendus par les pieds jusqu'à ce que mort s'ensuive. Vraisemblablement, beaucoup des victimes avaient eu des morts différentes. Douloureuses, cruelles mais différentes. Une sorte de laboratoire de la mort et de la cruauté.

Pour les corps les moins amochés par le processus de décomposition, il fut prouvé que Guillaume Liotard avait violé ante et post-mortem quelques-unes des malheureuses victimes. Hommes ou femmes. Enfants ou pas.

Une fois les constatations effectuées, il fallut comprendre le pourquoi. Comment un homme avait-il pu disparaître de la circulation sans que personne ne s'en aperçoive et comment avec un complice qui le considérait comme son fils, ils avaient réussi à répandre la mort autour d'eux, sans qu'aucune autorité judiciaire ou administrative ne soit saisie.

Les gendarmes butèrent un moment sur la question et c'est l'ex-femme du gendarme Martin qui apporta le début de la réponse. Ils allèrent la trouver à Pointe-à-Pitre. Ville natale dans laquelle elle était retournée après son passage en métropole.

Elle leur indiqua qu'après l'accident, elle et son mari avaient essayé de continuer à vivre. Ils avaient même eu un projet d'enfant. Mais la situation était devenue compliquée et Daniel s'enfonçait un peu plus, chaque jour, dans une dépression. Elle était partie. Elle n'avait pas encore refait sa vie mais vivait dans le sud du département. Un jour, elle rencontra Joël Liotard. C'était un bel homme qui lui plut. Une envie d'aller de l'avant, de passer à autre chose. Ils eurent une aventure ensemble. Rien d'exceptionnel, une histoire d'à peine un mois.

Comment son ex-mari l'apprit-il ? Certainement parce que Joël aimait se vanter de ses conquêtes. Toujours est-il que son ex-mari était venu la trouver et ne l'avait plus lâchée. Il voulait la faire devenir folle. Il dormait dans sa voiture devant sa maison, la suivait partout. Il lui dressait même des contraventions fantômes qui arrivaient majorées par le Trésor Public. À bout de nerfs et avec l'idée en tête depuis quelque temps, elle repartit finalement en Guadeloupe, vivre près de sa famille.

De retour de Pointe-à-Pitre, les gendarmes interrogèrent le général Bayol et consultèrent les archives de la brigade d'autoroute. Les dates collaient. Ils avaient établi qu'environ un mois après le départ de son ex-femme en Guadeloupe et profitant du départ de la sienne, Joël Liotard s'était suicidé.

Exhumer le corps du dépanneur n'aurait servi à rien mais il y avait fort à parier que la première victime de Martin fut le dépanneur. Il avait soigneusement maquillé le suicide. Ensuite, il fut établi que Guillaume Liotard était un jeune homme complètement paumé et limité intellectuellement. Martin aurait réussi à le déstabiliser profitant du départ de sa mère et du suicide de son père. Comment s'y était-il pris ? Personne ne fut catégorique et la réponse des experts psychiatres fut évasive.

Quand les deux hommes avaient-ils commencé ? Personne n'apporta non plus de réponse claire. Les clefs des accès de service avaient certainement été récupérées par l'un des deux mais la date du début de leurs méfaits ne pouvait être clairement établie. Les cadavres les plus vieux furent évalués à quinze ans mais rien n'indiquait qu'il n'y en avait pas d'autres ailleurs.

Léonie fut interrogée de longues heures. Elle n'hésita pas à mettre le Commissaire Combeferre en cause pour le peu d'entrain dont il avait fait preuve pour apporter l'aide logistique dont elle avait besoin pour retrouver les parents de la gamine.

Suite à son audition, le corps de Marc fut exhumé lui aussi. Il fut clairement établi qu'il ne s'agissait pas d'un suicide mais d'un meurtre. Il fut autopsié et on retrouva dans son estomac de la terre. Cette même terre couvrant le sol de la grotte, du côté de Froissy. Lui aussi était passé par-là. Comment cette terre s'était-elle retrouvée là ? Martin l'avait-il obligé à en manger ? Aucune affirmation ne put être produite. Il fut enterré à nouveau et Léonie assista à ce second enterrement. Quant à elle, elle apprit que Martin avait projeté son suicide en la faisant prendre en grande quantité des calmants puis en inhalant les gaz d'échappement de la voiture de service qui était stationnée au sein-même de l'ancienne coopérative, près de la grotte. Sa lettre de suicide était même prête, sur le siège passager avant. Près de la Clio du service, se trouvait la camionnette ayant servi à amener de Paris les migrants, candidats à une vie meilleure pour l'Angleterre.

La clef des accès de service ne fut jamais retrouvée. Le préfet fit remplacer toutes les serrures et de nouvelles clefs furent mises en service.

La juge Vandenabeelle fut mutée à Nantes avant d'avoir pu signer l'ordonnance de non-lieu de toute cette histoire, les faits étant prescrits par la mort des deux auteurs présumés.

Épilogue

7 février 2020, 18 heures 20.

Cette histoire avait commencé près d'un an auparavant. Léonie n'avait pas encore repris le chemin du travail. Ce n'est pas qu'elle ne s'en sentait pas capable, bien au contraire. Elle avait une grosse envie de reprendre ses enquêtes, de retrouver cette routine réconfortante qui vous fait dire que, finalement, tout est normal.

Le problème est qu'elle ne voulait plus croiser les mêmes faces de flan qu'auparavant. Elle était sûre qu'aujourd'hui, et après avoir traversé toutes ces épreuves, elle ne ravalerait plus sa rancœur face à une médiocrité qu'elle ne supportait plus. Elle avait une sorte de rage en elle ; pas celle d'avoir croisé la route de l'ex-gendarme mais celle d'avoir été obligée de faire tellement de choses inutiles l'empêchant d'accomplir l'essentiel. Et comme elle n'allait pas chez les faces de flan, les faces de flan étaient venues chez elle.

Ce soir-là, le commissaire était arrivé dans un nouveau véhicule de fonction. Il aimait en changer tous les ans. C'était le dernier modèle SUV d'une marque allemande.

Il avait quatre roues motrices, très utile pour monter les trottoirs du parking de la préfecture de l'Oise.

Depuis peu, il se faisait conduire par l'ancien chef de l'unité de voie publique : Antoine, nouveau chauffeur de maître. Tout nouvellement élu au grade de major de police, il passait ses journées à conduire son Dieu vivant, s'imbibant là d'un bonheur qu'il n'aurait jamais imaginé des années auparavant, lorsqu'il gardait la porte des ambassades en région parisienne en s'étant fait virer d'à peu près tous les services par lesquels il était passé.

Combeferre n'avait pas choisi la soirée par hasard pour aller rendre visite à Léonie. Le matin, elle était seule. L'après-midi, aussi. Mais le soir, sa famille était là. C'était marquant. C'était jouissif lorsque vous n'aviez comme seul moyen de bander que la honte ou la crainte dans les yeux de votre interlocuteur.

Léonie n'eut pas le cran de refuser à son chef de service l'entrée dans sa maison. En revanche, elle en avait interdit l'accès à son chauffeur. Le fielleux Antoine était donc resté au chaud dans la bagnole à jouer sur son portable pendant que son Dieu entrait. Il avait bien tenté de négocier mais Léonie avait été extrêmement ferme.

— Cette tête de nœud n'entrera pas chez moi ! Maintenant vous entrez si vous voulez, mais pas lui !

Combeferre avait même eu ces mots :

— Mais enfin, que lui reprochez-vous ?

Elle n'avait pas répondu.

Peut-être que finalement, il était vraiment certain d'être un bon flic, ce petit patron. Peut-être qu'il agissait sans arrière-pensée. Peut-être qu'il voyait en son chauffeur un bon petit gars. Il n'avait pas insisté.

C'était la première fois qu'il la rencontrait depuis qu'elle était sortie de l'hôpital. Il ne l'avait pas appelée et n'avait jamais pris de ses nouvelles. Les chefs de service n'ont que peu l'occasion d'aller chez leurs collaborateurs, lui n'échappait pas à la règle. Seule une affaire comme celle-ci l'avait fait sortir de sa tanière. Mais il ne s'agissait pas d'une visite amicale. Il était venu lui faire signer une sanction… Un blâme.

Forcément, effectuer en douce une enquête dont on n'est pas saisi, avec en plus, un véhicule de service, était blâmable.

Se faire piquer son arme de service, même si celle-ci avait été retrouvée, était tout aussi blâmable.

Ne pas s'occuper des dossiers qui lui avaient été affectés pour se concentrer sur cette recherche personnelle, était également blâmable.

Et puis dire aux gendarmes que son patron était un incapable, doublé d'un trou du cul et qu'à aucun moment, il n'avait mis en œuvre les moyens nécessaires pour la manifestation de la vérité, était forcément blâmable.

Donc, l'administration dont Combeffere se faisait le bras armé était venue chez elle et lui avait fait signer une longue lettre pleine de griefs que Léonie n'avait pas même pas lue.

Quelques mois plus tôt, tout le monde s'était ému de l'histoire. Le préfet, le ministre, les médias, les syndicats, beaucoup d'élus locaux et même, parait-il, le Président de la République en personne. Forcément, ça faisait tâche tous ces morts. Mais de l'eau avait coulé sous les ponts. Les morts n'avaient pas de famille en France et les deux assassins étaient morts eux aussi. L'agitation était retombée, d'autres malheurs avaient été télévisés et rendus publics. Donc bien après que l'ordonnance de non-lieu avait été rendue, l'administration s'était réveillée. Malheur à celui par qui le scandale arrive disait la Bible. Alors Léonie allait payer.

Mais comme on ne lapidait plus en 2020, on allait tuer sa carrière ; soit tout le temps qu'il lui restait à faire dans la grande maison. Un blâme et une radiation du tableau d'avancement pour les dix prochaines années, telles avaient été les punitions. Combeferre avait même appuyé une demande de sanction plus importante. Il voulait la faire muter en région parisienne. La commission avait toutefois refusé ; par la voix du Préfet, on lui avait rappelé que cette fonctionnaire avait été violée, tout de même, et qu'elle était passée à deux doigts d'une mort certaine. On en était donc resté là concernant le volet administratif du cas Léonie.

En revanche, la prochaine nomination de Combeferre au grade de commissaire principal était là pour rappeler tout le soutien de ses égaux à ce fonctionnaire exemplaire n'ayant eu que trois suicidés en une carrière complète, ce qui est finalement peu. Il allait prendre du galon, il avait maintenant un chauffeur. Que pouvait-il lui arriver ? Ses primes annuelles allaient augmenter considérablement. Il s'était payé une maison en dix ans de prime à Beauvais. Il pourrait peut-être se payer un avion dans dix ans. Qui sait ?

Léonie, elle, avait évité le sida. C'était déjà ça.

Mais que s'était-il passé aujourd'hui ?

Léonie l'avait fait entrer chez elle et l'avait installé à la table de la salle à manger avec son mari et ses enfants. Combeferre avait fait remarquer que ce n'était peut-être pas la place des enfants pour la notification d'une sanction administrative. Léonie avait répondu que si ce n'était pas leur place, c'était au moins leur rôle que de la soutenir en de pareilles circonstances. Et puis, ils verraient le sort que l'administration réservait aux vilains petits canards dans son genre.

— Allons Léonie, ne le prenez pas comme ça, voyons.

Signer ce blâme avait été rapide, moins de trente secondes, et totalement indolore.

Elle l'avait fait sous le regard inquiet des enfants et sous celui beaucoup plus haineux de son mari qui, à la demande de Léonie, s'était tu.

Combeferre avait arboré son air le plus misérable et le plus compatissant. Un peu plus et il donnait l'impression de pleurer.

Ensuite, vu qu'il ne savait pas quoi dire, il avait demandé à Léonie combien elle payait d'impôts fonciers et depuis combien de temps elle habitait ici. Il avait très rapidement embrayé sur sa nomination au grade de commissaire principal le mois suivant. Tout cela sans beaucoup de gêne ; il était vraiment convaincu que c'était mérité. Léonie, après un moment d'abattement, commença à bouillir : mais quand allait-il enfin prendre vraiment de ses nouvelles ? Combeferre se souvenait-il seulement qu'il avait le droit de parler des autres, de s'intéresser à eux ?

Un ange était passé et c'est ce qui avait décidé notre amie.

— Eh bien, je pense que maintenant, vous pouvez vous barrer Monsieur !

— Pardon ?

— Vous avez parfaitement compris ce que je viens de dire. Vous êtes venu pour quoi au juste ? Pour m'humilier devant mes enfants et mon mari ? Pour me faire chialer ? Ou peut-être même, pour voir pleurer mes enfants. Au cas où vous seriez venu pour prendre de mes nouvelles, je vais bien mieux. J'ai été violée et j'ai passé plusieurs semaines à l'hôpital. Mais je ne vais pas mieux que le jour où j'ai été violée dans cette grotte. Non, je vais bien mieux depuis que je ne vois plus votre vieille gueule qui, tous les jours vient me polluer la vie...

Elle continua :

— Vous êtes venu pour me faire signer ce blâme qui finira dans le trou des chiottes dès votre départ ! Donc maintenant que c'est fait, vous pouvez vous casser de chez moi. Vous n'avez plus rien à y faire. Et malgré tout le respect que je vous dois pauvre merde : partez loin et ne revenez plus jamais !

— Dites donc, je vous interdis...

— Vous ne m'interdisez rien du tout, espèce de manche à couille. Je suis chez moi, j'y invite qui je veux et j'en expulse qui je veux aussi. Donc là, tout de suite, tu vas rejoindre ton trou du cul de chauffeur dans ta nouvelle caisse de merde et il va pouvoir aller te faire une pipe sur la place du village tranquillement. À moins que ta secrétaire continue à t'en faire le midi après ton café et que du coup, t'en aies plus envie ce soir ?

Combeferre était livide, les enfants regardaient, les yeux ébahis, leur mère qui leur avait pourtant toujours interdit les gros mots à la maison.

— Au fait, elle a quel âge Maryse maintenant ? Quatre-vingts ans non ? Quand elle enlève son dentier, ça doit t'en faire des drôles de sensations dans le slip mon salaud ?

Il tourna les talons et sortit, furieux.

Il entra dans la voiture en claquant sa portière. Surpris, Antoine n'avait pas vraiment compris ce qui se passait. Léonie avait suivi son patron et, s'approchant du véhicule qui démarrait, elle toqua à la vitre tranquillement.

Une fois baissée, Antoine sortit la tête pour la regarder. Elle lui cracha ce qu'elle préparait de plus gras depuis le pas de sa porte en pleine figure en disant :

— Tu transmettras mes amitiés à ta femme, sac à merde !

Combeferre hurla alors :

— Mais démarrez bordel, vous voyez bien qu'elle est folle.

La BMW accéléra dans la nuit, faisant crisser ses pneus neufs, et se perdit dans les ténèbres de Goincourt, tranquille petit village isarien.

Léonie rentra chez elle. Son mari l'attendait sur le pas de la porte. Les enfants étaient derrière lui.

Le petit dit à la grande :

— C'est mieux qu'à la télé, hein ?

Chloé répondit laconiquement :

— On n'a pas la télé, têtard à lunettes.

Léonie prit son mari dans ses bras et ils se mirent à rire comme des tordus.

Il y a longtemps que Léonie ne s'était pas autant marrée.

Ça lui faisait un bien fou.

Pour le temps et l'énergie qu'ils m'ont consacré,
un énorme merci à :

Catherine, ma femme
Gaëlle, ma sœur
Mon « frère » Julien

Enfin à Séverine, que je ne connais qu'à travers quelques feuilles.

Et n'oublions pas que tout ceci n'est qu'une histoire...

Achevé d'imprimer chez SoBook le 30-05-2025
Linselles - France

Nos papiers sont issus de forêts gérées durablement

N° impression : 973 556